小
死
亡

Die
a
little

La petitte mort/the little death/小死亡

高潮後，某部分的自己好像死去了。

小死亡

Jase

序

陳煩

Jase是一個奇特的存在，他的第一語言看似是音樂，他唱歌、作曲、填詞，但是忽然踩過界去寫食評，然後寫了一本人性哲學，後來又交出一部接一部小說作品。大概有些人天生就是通才，Jase便是其中一個。雖然說Jase有那麼多的身份，但讀完《小死亡》，我想他其實是一個生活家。

《小死亡》看似談死亡，但更多的是談活著。活著的感覺是甚麼？痛苦、惶惑、求不得，用極大的不幸，去換取一小撮糖份。有些人終其一生避免和痛苦對質，Jase卻用筆尖挑開那些表面結痂的傷口，把裡面皮開肉綻的慾望和牽絆翻出來研究。

幾年前在黃碧雲的座談會上，她說寫作猶如一個「鬼上身」的過程，作者要進入每一個人物的身體，成為他們的腦袋鼻子嘴巴眼睛。《小死亡》用類近告白的方式，從一個人切換到另一個人的告解，讓讀者也體驗了一次鬼上身的經歷，然後發現，死亡和分手都不是完結，至少對被遺下的人來說不是，那是漫長告別的開始。

我喜歡這本書的英文名字，每讀一篇，感覺die a little，還是身不由己地，一頁接一頁。

自序

Jase

我在想自序有甚麼意義。

創作背後心路歷程的剖白？今次創作主要圍繞著一些被道德標準攔下的事，一些不為人知的情緒，例如勾佬成癮的女人，無愛戀無性戀者，跟蹤狂，戀服癖，戀物癖等等。我是要為這班人發聲嗎？不。因為我寫的也不能代表他們，就算上年多角度寫了第三者的各式感受，我也不是要為第三者發聲。我喎，仲洗出嚟撈？

很多的自序都離不開「希望我寫的XX能夠令大家XX」的這種引領大家反思的「袋錢入你袋」式說法。如果同時間能帶一點社會責任的「change the world」心態就最perfect。自序，就是要用有限度文字引大家入局，買我本書。是很marketing的一回事。

我覺得把這些角色標籤為「勾佬成癮」「無愛戀無性戀」「跟蹤狂」「戀服癖」「戀物癖」這件事很gimmicky，我再講就等於在消費他們了。

沒有甚麼發不發聲，也沒甚麼社會責任。創作有那麼多「為何」嗎？為何我從沒有問過自己「為何」？

抒發感情，自high，可以嗎？

談商業，所有作品永遠都需要一套「說法」，但情緒，應該如何去解說？

颱風日的黃昏時分，外面下著細雨，我在修改內文時，呈暗黃色的天空藏了一條微弱的彩虹，我要很仔細看才能看到它。二話不說，我拿起手機，看看能否把它攝下，對焦之際，烏雲已趕緊把彩虹收起。由我發現彩虹，到彩虹不見了，不過是五秒鐘的事。

有甚麼隱喻想帶出呢？其實沒有。如果說最美好的事，只能用肉眼看，用心感受，不low嗎？
談商業，能不low嗎？

對我來說，把五秒彩虹寫出來，就記載我今天的人生，很有意義。
對大家來說，並沒有甚麼意義。

看看書，沒意義一下，不好嗎？

最後，還是要寫一句for marketing的statement：

「我覺得呢本書好好睇。」

目錄

邱悦平

悔疚是一種積極，不甘自己表現不濟，一心想痛改前非。
如今，悔疚被刺破了。
我一直相信，世上有一種人，是不值得被寄予厚望，
這種人跟痛苦最匹配。

小死亡

我終於可以參與邱悅平的大派對。

啲嗒

那段盛夏燦爛過，只一瞬。像打火機透不著火，火花微弱燒了一下，就這一下，給某條神經劃了道痕，以致思緒經過時，會產生嚓啪的一瞬漏電。這些年來我極力避免這情況再次發生，再沒有讓陽光透進走廊，把你的長襪照得亮白。我曾幻想自己手握乒乓球拍，頭頂著的光環散發神光，落在同學的臉上，再折射到另一個同學的臉上。之後，我在蟬聯聯校乒乓球賽冠軍多年的校隊當上第一主力，再之後，我有想過在聯校決賽之前，在同學面前一拐一拐的做戲做全套，扮腳傷退隊。事實是，我從不曾頂著光環，你們從不覺得乒乓球隊成員很出眾。「攞冠軍唔係應該㗎咩？」無論稱霸聯校幾多年，始終也只是乒乓球。我校稱鄰校為「死對頭」，只是我校臉子上的一廂情願，就只差乒乓球，他們就在運動界別上完勝我們。今年他們添了兩位乒乓球健將插班生，殺退幾隊歷屆強隊，終於首次擠身決賽。「我哋今年邊個係代表？」我和另外兩個乒乓球隊成員的名字被提到了。課室內每張被神光照亮的臉都應該是歡愉的。如今我是你們的狗奴才，每張猙獰的臉像要告誡我「你最好唔好丟我哋架。」你們只會用眼神來告誡我，而嘴一定是緊閉著的，就是為著不讓飛沫，將圍繞著你們的那層薄薄的馬賽克刺破。捍衛你們在鄰校同學面前昂首闊步的尊嚴，就只剩這層薄薄的馬賽克。輕浮的乒乓球隨時都可以飄出界，你們都醞釀了一個快要全裸示人的惡夢。「點解到你呢一屆先嚟輸波咁廢？」而我的惡夢比全裸更可怕，我好像已經計算到被全校唾棄的分貝。當「課外活動」關乎到學校名譽，涉及個人榮辱，根本老早遠離了它的本義。

裝傷退隊只不過是個空想，因為最終還是會被你們嘲笑，更狠毒地嘲笑。退學也是不可能的，因為我無法面對家人。我不想自力更生，這對我來說跟死掉沒有分別，就做不出離家出走。於是，我只能在場館慢半拍應對著抽擊。逃避的盡頭，是一個沒出口的困局，裡面只有畏懼和無力感，沒半點建設性。我把第一場掉了，二師兄把第二場掉了，你們臉色慘白。我校在雙打賽險勝，拿回一場，鄰校暫且將香檳收回。在對方只得兩個高手的情況下，三師兄為我們扳平了。我是多渴望能當三師兄，或至少二師兄，所以我老早就向教練提出將我放在二號選手位置。「你係我哋主力，怯就輸一世，唔好諗輸，要諗贏！」我立即聯想到二師兄聽到這讚美時樂透的表情，或許他真的會因教練的一席廢話而打得好。

決勝局就落在我手上。「Ja！！！！！」我理解對手睇得中國乒乓球隊太多，每贏一分都會學他們大嗌「Ja！」，但我不理解他望住我嗌的這個決定。第一盤我先輸11-6，你們醞釀的惡夢正在發酵。暫停時教練所講的戰術我沒有聽入耳，我又回到場上失分，你們眼泛淚光，我也深信惡夢快將成真。

「Hey！」

我校的觀眾席傳來一把劃破現場紛擾的女聲，在她前後左右的同學統統圍望著她。她沒理會旁人，右手做了一個掌心四十五度向下的手勢，左手豎起了大拇指。

小死亡

對手又拿一分。這女生想表達什麼？連續兩球清脆地給幹掉，對手已提早向觀眾慶祝了。她是說我打得好，繼續這樣打？太假了吧。「Wow！」我開球落網，對手竟然尖叫？對手殺得勝起，這一下把球抽了出界。「頂！俾佢破蛋。」面對此等挑釁，我決定不再當二流角色，我要放手一搏，然後我連抽兩板落網。「頂，輸啦……」連教練都忍不住將全場的心底話講出口，然後又叫了個暫停。

二流的角色，給他吃高檔料理，他都不懂欣賞。事情做得好，也打從心底覺得自己是僥倖。從一開始我就跟同學一樣醞釀著惡夢，我為著將要被全校唾棄，迎接羞恥的中學生活而感到難過。如今我覺得全校都應該為擁有我這個二流的乒乓球主力而感到難過。無論我是個有自尊，或無自尊的存在，也一樣是平庸的，像落網的乒乓球一樣，無用的滾回自己那邊。我再無法向觀眾隱藏著落泊，這是我一生中，第一次對別人心存歉意。

「啲嗒……啲嗒……啲嗒」

我從沒有看過像邱悅平那樣脫俗而寬容的微笑。跟她眼神交接的一刹，我像被一片平靜的大海接收，周邊沒有其他雜聲，我只聽到海浪拍打，和相機快門的「咔嚓」。

「啲嗒……啲嗒……啲嗒」

眼前所有影像都變成慢動作。我沒有意識到自己在作賽，比分是什麼，結果是什麼，以後的人生會是什麼，在大海中，統統都可以忘掉。球殺到來，我就擋，像大海一樣，把我的衝撞給瓦解。我竟然就是這樣連拿三盤反勝。整場比賽我都沒有打太多winners，大部分分數都是他自己心急打失而得來的。

我被平靜的大海吞噬，溶化。

我昂首闊步，在學校每個角落走走，同學經過我時，都會留意我頭頂上的光環，為著能染一點黃色的光而暗喜，我所幻想的成真了。但光環的電力只維持了一天，當光環變無色，我也變回透明。大家又再記得，拿乒乓球冠軍是理所當然的。

「喂，乒乓校隊，打得好啊。」我從三樓的視覺，見到六樓有個散著光芒的女生。她跟我四目交投確認過後，隨即走到來我身邊。高高在上的高中生，紆尊降貴地走到三樓，讓我染她一點光。「記唔記得我？」這樣一問，已肯定我在球場上發現了她的存在。我給她做了同一個掌心四十五度向下的手勢，和豎起一隻大拇指。我想告訴她，妳是個大海般的存在。我當然沒有這樣說。我還沒有想到充撐場面的台詞，女生旁邊的朋友已經插嘴：「我叫殷樂娜啊，你可以叫我啊Cola...啊唔好，叫我Cola姐姐。呢個係我個姊妹，邱悅平，阿Moon。你好威啊幫我哋贏咗冠軍，同埋我想講呢，你個樣好似我哋個同班同學肥陳啊！哈哈。哎呀唔好意思可能嚇親你，我地平時唔係咁㗎。哈哈。」

小死亡

「Hello, Cola......姐姐，Moon姐姐...肥陳係咪好肥㗎？」

邱悅平身邊竟有個又騷又淫的「姊妹」。

「你咪見人哋生得似肥陳你就flirt人啦。」邱悅平對著殷樂娜說，然後對我說：「肥陳係Cola嘅男朋友，係有小小肥，你係生得有啲似佢嘅。其實我想講你嗰日啲防守好好啊，如果我可以好似你一樣球風咁多變就好啦。」

「點啊你哋兩個要喺度講波經啦？阿Moon姐姐以前係女子乒乓校隊，不過女仔隊好弱㗎阿Moon年年都係第一圈出局。」

究竟這個殷樂娜有沒有打算去讓我跟邱悅平說話？

「係啊，所以我覺得你真係打得好好，甚至比往年嘅校隊成員更好。」

邱悅平很欣賞我，從字面上，這是真的。

「係啊，同埋我覺得你好型啊，雖然真係唔靚仔，但係專注嘅男人最正啦。同埋靚仔都無本心嘅。」

如果這些稱讚說話，由邱悅平把口講出來就好了。

「搵日我帶你上六樓，去見吓肥陳啦，哈哈。而家就叫你做小肥陳。好啦，下次再見！」

「拜拜。」

咔嚓

長過一聲葉落的暑假，他們都視這為生命中首個抉擇時刻，忙著將要為自己的決定而承擔這回事而議論，這又再次讓我意識到責任這回事，背後蘊藏著壓力。對於大部分中庸的，早已無心向學的學生，走到中學生活的盡頭，有幸直上大學，再直達社會，平步青雲地去到一個屬你或不屬你的地方，再繼續上路浮沉，會不會原來又是一個困局？我一直在想抉擇背後的意義，還是看不見有一條康莊大道，離開未來一切的無能為力。結果我交由家人決定我的路向，最後我成為了一個數學科肥佬的理科生。除了日子我對數字都不敏感。那年八月八日，我們一班老死上了Sky的家，那天他mom's not home，我們一班宅男決定做色色的事。Sky說要跟大家分享一段私人珍藏。「粉紅色，準備好未？」幾條仔幾乎要把頭貼到電腦螢幕，Sky按下播放鍵。

整個螢幕都是淺紅色在蠕動，「我屌！」大家幾乎都是同一個反應。Sky在淫笑，可見他真心喜歡呢味嘢。

「做咩啫唔啱睇咩？播返啲正常啲囉。」

Sky播另一條正常AV，朋友都看得津津樂道。我仍舊看到一層半透明的淺紅色，像濾鏡一樣重疊在男女主角身上。

「頭先嗰條係我睇嘅第一條A片。條片真係好撚嘔心，多謝你。」其他朋友都滿心歡喜地回家。在Sky家中，現在只有我和他。

「你份人咁拘謹嘅，個個都淨係識睇波睇籮，睇下大特寫唔會有真實感啲咩？你諗下，俾個女優你睇，個女優都唔會係你㗎啦，但係睇大特寫，俾啲幻想力，佢就係你㗎喇。」

「真實感……」我跟Sky躺在床上，望著上方的天花板。

「不如我哋而家諗住我地鍾意嘅對象，一齊打J囉。係呢，你有無鍾意邊個啊？」Sky竟然提出這樣爆的要求，我真係睬佢都有毛。二話不說，Sky就在我面前拔劍，頂！

「嚟啦唔好怕羞，幻想瞓喺你身邊嘅係佢。」

這句說話真的非常嘔心，因為躺在我身邊的是他。聽著Sky微弱地呻淫，左手抽動時發出拍打聲，淺紅色仍殘存在腦海……怎麼……怎麼會突然想起了那次旅程？

九歲的日本旅程，竟然卡在邱悅平的校裙內。倒影，六樓，大海，淺紅，混合成混濁的，不堪入目的我。

車窗外不斷往後的景色，都配上了一塊濾鏡。濾鏡上靜止的風景，顯得車窗外的都只是背景。一張座椅，這是我跟女孩在車廂內的距離。在受盡溺愛的妹妹身旁，女孩坦然，堅定，神態自若，一顰一笑不造作矯情，像眼前的大海，閃著耀眼的日光，我站在石壆上，「咔嚓」身旁的女孩用相機攝下一片風和日麗。我知道女孩已站在我身後，準備偷影我的剪影，我沒有膽量去轉身，生怕破壞她的構圖，其實是怕正面跟心愛的女孩四目交投，我覺得這就是愛。我還是沒有跟她談天，也沒跟她四目交投，如果有，就是車窗倒影出賣了我，但我不會知道。我只知道我睡醒時的第一次濕漉，是八月八日的早上。

那早上的感覺，和我跟Sky一起噴濕床單的那天相似。沒有邱悅平的漫長暑假，由我對她既淫且俗的思想褻瀆作結，連帶車窗倒影上的女孩，也給我塗了多一層奶白。那朝我在酒店的第一次濕漉，同時將往後不堪回首的青春沾濕。

小死亡

大派對

我的手機通訊錄，自此多了兩個高中女生。無論是日常對話，或是我跟邱悅平和殷樂娜的手機 group chat 中，邱悅平也不是非常積極參與的那種女生，她就是不像殷樂娜這種口水婆的便宜氣質。我們三個幾乎每天都會在四樓見面。有天，Sky突然把我當透明，連同之前跟我和Sky一起玩的老死，也將我視為空氣。我再沒有人跟我吃 lunch，放學打波和睇咸片，最不堪的是連邱悅平都再沒有找我。然後過了一段日子，我搭上了又騷又淫的殷樂娜，更準確來說是她搭上了我，但與其說我們在發展，其實我比較像個跟班。打後的日子，我通常都會在六樓跟殷樂娜和她的朋友 hang out，當中再沒有那個肥陳。我終於給自己找到一個容身之地，也終於可以踏上六樓的地板，偶爾看一下邱悅平，但看來殷樂娜跟邱悅平決裂了，因為她們都互相把對方當透明。

「喂。」有一天，邱悅平走到我身邊。「你而家同Cola好熟㗎？」她這樣問我。而殷樂娜跟她的朋友，就在我身後方不遠處。

初中生初次體驗抉擇，我決定將選擇權交給家人。我聽到父親催促我上旅遊巴，大海裡一切變得很慢，啲嘀，啲嘀，我可曾頂著光環？如果可以決定，我會將自己放於第二，甚至第三選手位置，由我當主力是輸定的。我們在學習去理解每個決定背後的牽連，我欣然成為理科生。我不過是個初中生，最初，我是這樣跟自己說。

今年，我三十一歲，打火機透著了火，點起了一支煙，咔嚓，我仍站在石壆上，就只得我一個人。

我們和無數陌生人之間的交叉點，是如此突如其來。在二人交錯的一刻，只要稍一不慎或兒戲，錯過了彼此，很多時候，此生就不會跟對方再有任何交集。那天是我跟邱悅平最後一次談話。

「都有玩下啦。」這是個多糟糕的答覆。在往後的人生中，這感覺像個氣球一樣不斷膨脹，越變越大。

悔疚就是，覺得如果可以回到過去，一定會找回多年來仍一直凝在腦裡的那格，再次面對那個念念不忘的對象，在她唸過那句台詞後，總之就找一個別的演繹，別的回覆，然後，我們兩個的故事將完全不同。

今年，我三十一歲，氣球被刺破了。我是真正清楚知道，自己是個二流角色，即使可以倒帶找回那格片段，邱悅平問我跟殷樂娜的關係，我不會有別的演繹或回覆，因為我是最低劣的，連自己都不堪入目。以前是這樣，現在更是這樣，一直也會是這樣。悔疚是一種積極，不甘自己表現不濟，一心想痛改前非。如今，悔疚被刺破了。我一直相信，世上有一種人，是不值得被寄予厚望，這種人跟痛苦最匹配。

小死亡

然而，命運最終還是把我們兩個人拉在一起。如果婚禮叫做人生大事，今天這個告別派對，應比婚禮更具意義。今天在你的人生大事中，擔當著最親近的角色。我替你清洗，換衫，化好妝之後，就充當你的柴可夫，把你送到派對現場。很快，你的親朋好友也會來到跟你道別。我自覺今天是我人生中最有意義的一天，彷彿我是為這一天，這個盛事而存活至今。

邱悅平，你還記得我嗎？

錯過你的婚禮，至少沒有錯過你的最後一程。

若然世上從來沒有一個人愛過你，我們能靠自愛到老嗎？在自我肯定跟與世隔絕之間，或許只有一線之隔。我們都想有人愛，都在找尋一個，會視自己宛如生命的人，而我們往往都將人生的時間錯配在沒有回報的生命中。交遊廣闊的邱悅平，你有幾多個泛泛之交，像殷樂娜一樣，連你的喪禮都沒有到？幾多個酒肉朋友，今晚禮貌對你點過頭後，幾天後，甚至幾小時後，已經在別的聚會將你拋諸腦後？幾多個好友，會像我一樣，一直把你放在心裡？你的老公，有夠我心痛嗎？

視你宛如生命的那個人，在一生中跟他的時間，可能只得十數分鐘，或幾個車窗的倒影。

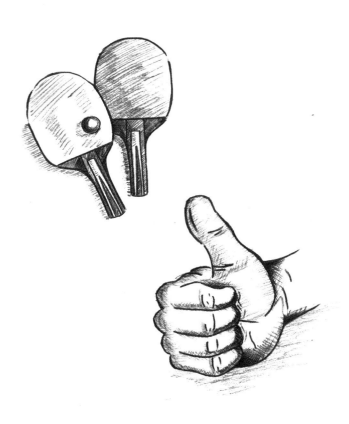

小死亡

嚴太

我從沒有討厭過永遠只是「邱悅平隔離個friend」這身份，
只是你從不知我是你光芒底下的影。
我崇拜你的光芒，崇拜到連你擁有的也想擁有。
沒有誰真正屬於我，而我是屬於你的。

生前有罪孽者，死後會去地獄。六十歲前去世的人，才有需要破地
獄，因為六十歲後去世的，稱為「笑喪」，可即時去投胎。破地獄
的「陣」中的九塊瓦片，代表道教的九層地獄。將九塊瓦片逐一擊
碎，就是為了打開地獄之門，救出死者亡魂，送他去投胎。嚴澤民
的妻子過身了，她的家人並沒有宗教信仰，思想也比較開通，希望
女兒的喪禮可以免卻一些如破地獄的，他們根本不知道是否必須的
所謂程序。結果嚴太的喪禮，就在一個比較隨和的氣氛下，透過播
放其生前片段和來賓的分享，來進行懷念。活了幾十年人，出席過
幾次喪禮，老實說，除了心裡覺得破地獄這件事，像一場精彩絕倫
的表演之外，實在沒有想到考究其背後意義。但由於今次嚴太的葬
禮，找了一家相對前衛的喪禮籌劃公司去負責，才令我想到了解一
些舊式程序的意義。

來生

「無論好人定壞人，就咁破一破，就可以去投胎，唔洗受地獄之
苦？」嚴澤民看見電腦螢幕上關於破地獄的資料，就開始跟我討
論。

「大概係啊，都幾抵啊。你洗完碗啦？」

今天，嚴澤民突然說有興致下廚，早上就去買餸，準備了整個下
午，就連洗碗這種他討厭的粗活也搶著做。

「洗完啦。嗰啲為咗唔落地獄，而努力變到好正直嘅人，聽到呢件事之後，應該要崩潰，定鬆一口氣？」他正替我做肩膊按摩，其實我的肩膊不痛。這個期間限定的暖男嚴澤民，跟一個老婆奴無異。如果以夫妻關係來說，那個老婆自然會覺得老公無事獻殷勤。對於我們來說，非姦即盜這回事，我們完全無需要擔心。

「做好人，大部分人都係純粹想做好人。邊有咁多人，生前已經憂慮身後嘅事？」

「呢個世界好多白痴。迷信星座，生肖嗰啲人係輕度白痴，相信今世嘅因果報應，係中度白痴，諗埋前世同下世嘅，痴到無得救。」他說。

「你由人哋啦。有啲嘢諗下，好過做人無所事事。」

「點會無所事事。工作苦悶就食餐好啲獎勵自己，買件自己鍾意嘅家品佈置下屋企，揸車出去兜下風都唔錯。無咗人生方向嘅可以去參加興趣班，去個旅行，或者搵個新嘅人進入你嘅生命，俾啲衝擊自己。」

「我都無信仰，都唔迷信，不過我知有啲人嘅寄托，唔係呢啲物質上嘅，或者唔係咁實際嘅，而係虛無嘅，思想上嘅，靈性上嘅。俾你揀，你寧願個個都走去替天行道，定係寧願佢哋相信因果？你實清楚㗎。咪由得啲白痴相信來生，然後去行善囉，搞唔到你嘅。」

「所以你睇埋呢啲破地獄嘅嘢？你覺得阿Moon無破到地獄，就會落地獄？」

眼前的他像個在敷面膜的人，除了嘴巴可以動，臉部不可以呈現任何像悲傷，自責或頹廢的神色。我無法開口說出阿Moon會上天堂這種膚淺的安慰說話，不是因為我並非一個膚淺的人，而是如果真的有天堂與地獄，即使我們只想膚淺地相信阿Moon會上天堂，但我們心底裡一點也不肯定。

「因為無舊派就唔會有新派。既然有人主張撤除傳統儀式，我反而想知點解需要傳統。」我說。

「咁你點睇？」

「我覺得大家都唔明大家。」

「即係標準唔同。即使我哋覺得阿Moon係會上天堂，但係判官話佢係落地獄，係因為我哋同判官之間，對於好同壞嘅標準唔同。」

嚴澤民又將「阿Moon會唔會上天堂」的話題帶回來。早幾天才完成她的喪禮，就算你而家想講，有無諗過我想唔想聽？

「得啦，唔駛按啦。你又煮飯又洗碗。」
多謝你讓我初嘗你給邱悅平的女皇式服務。

他說：「咁邊個係呢個判官？種善因得善果，惡有惡報，善與惡，正與邪，有絕對標準㗎咩？定係呢啲標準，原來就係由我哋身邊嘅人嘅主流價值同意見定立？就好似道教喪禮儀式，多人採用嘅主流，就代表破地獄唔係一件呃神騙鬼嘅事？偽善嘅人點會搞唔到我哋？佢哋就係因為怕做所謂壞人會被批鬥，結果佢哋為咗得到光環而成為好人。正如你所講，無好人就唔會有壞人，結果所有好人都想消滅壞人。壞人被定性為壞人，邊有可以被免罪咁便宜嘅事？喺我哋呢個互相批判嘅社會，除咗擁有利益關係嘅，否則被定性為壞人嘅，從來都無得到過寬恕……」我咬住他的下唇，將他的手放在我的胸上，我一邊與他親吻，一邊解開他的皮帶，他已經硬起來。

我一家為水上人，父親生前常說把他海葬就可以，是直接掉進海那種，燒也不用燒。結果還是替他破地獄，拉二胡，打鑼打鼓做戲做全套。我覺得搞喪禮除了是為死者而搞，更是為令死者的親人可以盡量釋懷。哭出來固然好，而我和嚴澤民都是哭不出來的那種人。這幾天他把行程表排得滿滿，不容許自己有絲毫喘息的空間。今晚，邱悅平的喪禮仍然繼續，我和嚴澤民，在嚴澤民和邱悅平的床上悼念她，壞人就是用這種方式去思念。我們借用對方，盡力將所有跟邱悅平有關的感受發洩，即使幫助不大，卻能替嚴澤民續命。

小死亡

靜靜雞與靜雞雞哪個比較靜？我在想有沒有去形容比壞人再壞一層的形容詞？惡人可以嗎？真心想作惡，為了作惡而作惡的，就是惡人，跟為做好事而做好事的偽善性質相近，卻不比他們懦弱和噁心。我跟嚴澤民都是惡人。半年前我主動告訴嚴澤民，我是你老婆中學時代的姊妹，然後我們火速地搭上了，快得連跟邱悅平匯報的空檔都沒有。一般男人都是這樣有點壞，想找一個跟自己現有的那個完全不一樣風格，純粹想滿足自己對多樣性的迷戀，當中沒太多愛與不愛的考量。嚴澤民也不是我喜歡的類型，不過我也能找到他的另類可愛之處，所以我想我也有點壞，這一點並無傷大雅。不過我跟嚴澤民都是惡人，因為我是邱悅平的姊妹，和他是邱悅平的老公，我們都愛上了這作惡的快感。

光影

當年盧日天得不到邱悅平，就借我過橋來享受與我之間，帶著內疚和罪惡感，那迷糊的歡愉。他是跟我一模一樣的惡人。可能被借用就是人類存活的一大意義，我不為自己是個被借用的人而感難過，我在想每段關係說到底也就是這樣。

我發現每次我和邱悅平去找盧日天談天，本來就站在盧日天旁邊的李家翔，就會自動彈開。對於眼中只有邱悅平的盧日天來說，果然沒有發現老死每次的奇怪舉動，我想他這輩子也應該對老死突然割席的行為懵然不知，他就是個重色輕友的廢物。

李家翱是校內的音樂高手，幾乎精通各樣樂器。那些給他打過分數的音樂老師的音樂造詣，連替他結他調音的資格都沒有。那年李家翱跟他的樂隊參加了一個爵士音樂節，我恰巧也在場；他的那隊樂隊在爵士界已有小名氣，隊中的團員都是三十出頭，經驗老到的老手，試想一個十幾歲的小伙子，能夠毫無違和地混進其中，就知他是個真正音樂天才。完騷後我走到後台跟他談天：「喂，你都有參加呢個音樂節啊？我叫Cola啊，同你同一間中學㗎。」

「我知啊，你同盧日天熟啊嘛。」

「係啊你又唔同我地打招呼嘅？」

「唔需要啦。」

「……喂你地今晚個show好正啊！我都有學打jazz鼓㗎，你實識打鼓啦，得閒私底下過兩招俾我啊？」

「咁你同我地個鼓手交流啦，我走先。」

李家翱跟盧日天絕交，是因為他眼紅盧日天搭上了兩個高中生。自爵士音樂節之後，我知道李家翱對我一點興趣也沒有。所以，李家翱和盧日天都是邱悅平的。李家翱我沒法得到，盧日天我倒可以。

小死亡

我們是好姊妹，
我跟你說我跟肥陳是兩情相悅，
你美其名說把他讓給我是應該的。
你不可以怪我，
把你的肥陳撇了，
搞到他崩潰。
你的小偶像是我的，
你的老公也跟我有染。
我從沒有討厭過永遠只是「邱悅平隔離個friend」這身份，
只是你從不知我是你光芒底下的影。
我崇拜你的光芒，
崇拜到連你擁有的也想擁有。
沒有誰真正屬於我，
而我是屬於你的。
無法到你的喪禮見面，
我就以這樣的方式，
餘生一直惦念你，

死後就到地獄還債。

小死亡

八婆

這個八婆，把我的Louis，和我的人生，都搶走了。

我吹奏著詩歌，八婆的母親熱淚盈眶，我已經吹到第二首了，她的心情尚未平服，無人催你嘅。第二首也快吹完，要我吹Turkish March她才肯按制嗎？「不如等我嚟啊。」終於，由八婆的姊姊落手，把妹妹燒尻掉。

我的朋友開了一間喪禮籌劃公司，決意一洗傳統殯儀服務的刻板風格，於是請了一位長笛師，為每戶家屬在火葬場按制前吹奏，希望他們盡量以平靜的心境送別摯親。我一直欣賞這個朋友的理念，所以二話不說就答應了他的臨時請求，做一天的替更，誰知我要去送行的竟然是她，真係好行夾唔送。

磁石

我給他們放另一條A片，不然是沒有可能把他們打發走的。他們對眼前這位女優表示滿意，男優把不同的東西放進女優嘴裡，牙擦，雪條，茄子，水樽，他們看得津津有味。在這之前，我跟他們分享了一套不同風格的 hardcore AV，畫面全是濕漉漉的淺紅色，就如把內窺鏡放進口腔內，看到的也同樣是淺紅色。「我屌！」這是他們的反應。對於男人對女人的著迷，我大概也能理解，纖腰，長腿，大波，屁股圓渾，五官標緻，他們所欣賞的美，就是這樣的外在美。我一直留意Louis，他看起來沒有像他們那樣興致勃勃，這給予我很多遐想。

「Louis，你都要走啦？」

「係啊，都夜啦。」

「我最近突然有興趣試下煮飯，但平時阿媽喺屋企，無太多機會發揮。你有冒險精神，做我白老鼠啦。」

「吓，我以為你淨係對音樂有興趣。」

「見係你咋。陪下我啦。」

「好啦，咁我話聲俾我屋企人知。」

母親已經試食了我的carbonara和mussels with tomato無數次。「咁好心機，整俾女仔食啊？」她每次都這樣問我。

「會拍同會睇呢種內窺鏡大特寫嘅男人，對女人嘅沉迷，已經到達變態嘅程度。」Louis這樣說。

「做咩啫。呢啲叫欣賞內在美。」

「你知唔知頭先你個淫樣真係好撚變態。」雖然Louis天生就是個鈍胎，但無可否認我也是個好演員。

「是尻但啦，咁你有無後悔識到我呢個變態撚？」

「唔撚知，我淨係知，頭先嗰條係我睇嘅第一條A片。條片真係好撚嘔心，多謝你。」Louis躺在我的床上說。

小死亡

「我又瞓！」

我跟他一起躺著。

遐想終於變成了真實。

可能大家都意識到自己由初中生升格成高中生了，突然間，學校變成了一個 speed dating 的場地，一些本應無甚牽連的人，竟配對成情侶，當然絕大部分都是一男配一女，淨低幾對就是女同TB。我也從一群追求者中找了一個當我的女朋友。

「李家翱拍拖啦。」「唔撚係啊嘩，同邊個啊？」「3C班嗰個阿施。」「屌！有無搞錯啊！」「無啦幻滅啦。」

什麼歌唱比賽冠軍，籃球隊隊長，足球隊神射手，只要我在綜藝表演的舞台上拿起結他，全部都可以滾開。我把初相識的女朋友帶回家，把我唯一會煮的 carbonara 和 mussels 做給兩位女士吃。母親見證我練兵千日收成正果，對我竊笑。我們迎著截然不同的高中生活，跟另一半拍拖，放學跟同一選科的同學去補習，同學之間開始分流，配對，再埋堆，成為一個個小組。我跟Louis分道揚鑣了，聽說他現在於六樓打滾。

一間學校只有一個風頭躉。Louis作為乒乓校隊主力，得到的從來只有壓力。Louis覺得那個八婆是他唯一的支持者。

我才是Louis最忠實的粉絲啊。

她跟Louis越見越密，我能從Louis的雙眼中看得出裡面沒有我，連我從他身邊走開，他的眼裡都沒有我，我老早就消失於Louis的生命中。

小死亡

Louis對女優沒有興趣，

Louis跟我一樣，因為害怕失去友誼，所以不敢開口，

床單上的精液，是Louis給我的。

原來這一切都是我一廂情願。

自從我下定決心，要把Louis從心房驅逐開始，我就知道愛情其實不屬於我。「阿施換咗做阿麗啦。」「3B班嗰個？」「係1A班嗰個。」在我跟阿施一起之前，我哥介紹了他的男朋友給母親認識，並宣佈要搬到男友家住。家裡多了一間空房，母親坐在裡面，呆了。6B班的阿盈跟阿麗說：「嘅妹妳唔好再煩住Sky啦。」「你收皮啦你有無食過Sky煮嘅意粉啊？」這個年齡，這間學校，男同性戀是行不通的，得到一些無關痛癢的溫暖作為安慰倒可以。阿盈說：「好味啊。應承我啊，你以後淨係煮嘢俾我一個人食。」「咁我阿媽呢？」我又覺得這些無關痛癢的溫暖，其實都很有意義。

鮑魚

Asexual people might be:

• Sex-favourable, meaning they enjoy some aspects of sex, even if they don't experience that sort of attraction.

上年我在一家cooking studio當了主任，我會煮的當然不止是意粉和青口。這個八婆成為了我的學生。她已經不認得我。

「阿Moon，今晚落堂之後有無嘢做啊？」

「無喎，做咩？」

「我煮餐飯俾你食啊。因為我一煮就係二人份量，留低幫手食啲啊。我諗住整海鮮，我可以教埋你煮個西班牙海鮮汁啊。」

「咁啊，就咁多謝大廚啦。」

如果這刻母親在場的話，她應該會說：「又係煮意粉同青口啊？」

我們留在cooking studio開餐，然後到了酒吧喝酒。我即興走到酒吧的鋼琴前玩了一首Marvin Gaye，全場的顧客都被我強行搶fo，我一直不屑這些不懂音樂的業餘人為我拍掌。

「呢首歌，送俾我今晚一位特別嘅朋友。」

我隨便彈了首為前女友寫的原創，用來送給邱悅平。就這樣，一餐飯，幾杯酒，兩首歌，就足夠把邱悅平帶到我的床上。纖腰，長腿，大波，屁股圓渾，五官標緻，步入中年的邱悅平，仍然擁有傾倒眾生的外表，但卻變低賤了，你當日不是個女神嗎？雖然我從來不懂欣賞你的所謂仙氣。

同一張床，精液終於落在邱悅平身上。Louis如願以償了。

小死亡

我曾經試過瞞著女朋友，在網上認識男生。我強迫自己搖著他噁心的陽具，第一條搖著的別人的陽具，竟不是Louis的。我從沒看gay porn的衝動，我就像個直男一樣，男人完全沒法撩動我的愛慾與性慾，但我知道自己不是直男，因為我也沒有看他們喜愛的AV的衝動，對女朋友沒有性衝動，我也隱若覺得自己從沒有愛過任何一個女朋友。我是無浪漫傾向嗎？我覺得愛與不愛的代表色不是黑和白，其實只是不同的紅色。當我把嘴放進內去，就懶理是淺紅還是深紅，總之我都有高潮，其餘的過程，包括不同款式的曲線，演技，花香，音頻，緩衝，滋潤，緊緻，我都只會覺得在走下坡，我這樣又算是無性戀嗎？在性傾向和浪漫傾向的派別裡分流，於多種無性戀和無浪漫傾向之中，我還是覺得埋唔到堆。我會愛人嗎？我不知道。我有性衝動嗎？我不知道。沒有一個代名詞切合我，我就無法跟別人配對。我擁有過很多愛情關係，但愛情從來不屬於我。這個八婆，把我的Louis，和我的人生，都搶走了。

「以前中學時代，我鍾意咗個男仔。有一日我帶佢返去我屋企，我哋兩個就係瞓喺呢張床上面。我同佢一齊喺呢度，各自諗住我地鍾意嘅人手淫。佢嗰時鍾意嗰個係高form女仔，幾有氣質嘅，不過我從來都無feel。自從佢鍾意咗個女仔之後，我放棄咗佢，打後我對其他男仔都無feel。」第二朝早上，我叫醒邱悅平，她一臉疑惑的聽著，我沒等她開口就繼續說：「其實我對女仔呢，都無咩feel。我俾啲嘢你睇啊。」

我打開電腦內一條陳年片段，按下播放鍵，畫面全是濕漉漉的淺紅色。

Louis說，會看這種內窺鏡大特寫的男人都是變態。那時候我覺得自己是同性戀者，當然對女性的任何部位都沒有興趣，我想要的就只有Louis和他的陽具，跟一般同性戀者無異。

「變態！」邱悅平趕快把衣服穿上，然後一支箭離開，留下嘭一聲的關門巨響，把母親給吵醒了。

「嘩，咩事咁嘈啊？」
我對母親微笑說：「阿媽，無事。你放心，我唔係阿哥，我永遠都唔會好似佢咁傷害你。」

我問母親今晚想不想吃鹽焗鮑魚，她說無所謂，我立即換衫到街市去買。

我和Louis躺在床上，我問他剛才在想著什麼手淫。

「頭先隻鮑啊。」那時我還以為他在說笑。

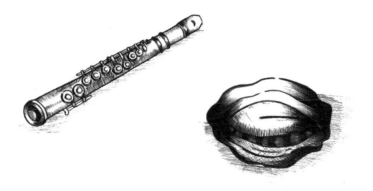

小死亡

殘花

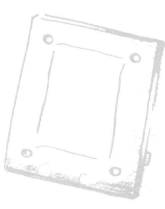

或者你的溫文儒雅從來都是假的，
我從你的虛假中茁壯成長，然後死去。
這茂盛到枯萎的過程，你有福氣得沒領教過。

我們都被青春摧毀了。

凝視

他們看完你的裸體後都在笑。你以為他們在欣賞你的亮麗表層，不是恥笑你的腐爛。你一廂情願以為殘缺只有自己看見。把你變成殘花的，不是歲月，而是青春。我努力當個很好的人，像模範生一般準確，專業，像機器般零出錯，就是為了不讓自己看起來跟你一樣殘。我也是一廂情願以為自己無堅不摧，但還是不能掩飾我們一同被青春摧毀了的事實。被煎皮拆骨後，再不甘都好，以後喝的所有酒都是悶酒，撫弄的軀體統統都爛掉。我們無法扭轉青春的過程所承載著的，無法克服的轉變，就只好接受青春的後遺就是不甘的事實。

我想念由腦波投射出來的，青春的某格影像。但這刻在我眼前的是個陌生人，不，互相唾棄的不會是陌生人。但重點其實不是互相唾棄，重點是，我們經歷所有過程和後遺之後，我們這刻還是站在彼此眼前，這才真正讓我情願沒有青春。

不知道所有曾經愛過你的人，會不會也跟我一樣？

像你這樣脫俗的女生，本就應該惹人羨慕，妒忌，崇拜，高攀，那就由得他們繼續吧。大學時代的我們曾經是如出一轍，直到周遭的一切令你有所覺悟，你決定不再當個仙子，羽翼上的毛開始脫落。即使你努力求變，更融入學生宿舍的生活，他們心底裡還是會覺得你一直往下看他們，他們這種劣根性根本就不會改。

無法過去的去過

就這樣，我們由如出一轍，變成南猿北轍的兩類人。這本來是我們最後的一次旅程。六月的大阪下著梅雨，依靠在天王寺JR站旁的一條小路，列著一排小店的後門。我們朝小路往內走，你嚷著要偷眼前遺失單車安置處的單車。我好不容易於云云上鎖的單車中找到唯一無上鎖的一架。要我在一個自律的國家，破壞著人家的規律，使我感到羞愧。你打從心底覺得在外地犯法很有挑戰性和更有歡愉感，而我還是定格在青春的某個影像。或者你的溫文儒雅從來都是假的，我從你的虛假中茁壯成長，然後死去。這茂盛到枯萎的過程，你有福氣得沒領教過。

一年前，繼那次不幸的旅程後，我首次再踏足大阪。Nick Sir六月尾就要回到美國了，比起千里迢迢到美國拜會他，到大阪取經更划算。在我身旁跟著 Nick Sir動作的是個叫Sharon的台灣女子，節拍感和舞蹈動作都跟得非常精準，精準得像部電腦一樣零出錯，無堅不摧。Nick Sir安排我們兩個跟他跳他排的舞，我覺得自己也像部電腦一樣精準。Sharon在最後的end pose慢了半拍，果然還是個人。「啊！」她大喊一聲，為自己的不完美而不忿。「Woo，you two are accurate like twins. Give it up boys!」Nick Sir對著旁邊幾位男學生拍手，示意他們鼓掌支持。「Woo! Like robots！」有把賤嘴這樣說。

小死亡

下課後，我恨不得快點完結跟Sharon的飯聚。這個新朋友，還是為著剛才那稍慢了的最後一拍耿耿於懷，然後不斷呻自己已經跳了十幾年jazz，明明技術比身邊同行好幾倍，自己又不是無身材樣貌，dancer casting還是不斷落選，然後再怨世界不公平，明明自己比人努力，自己就是注定黑仔。她自覺找到了跟她相類似的人，我對於被她歸類為同類而感到嘔心。我怎會是像她一樣無感情的機械人，我曾經是如此認真投入過。

列車車門打開，車外的站名寫著「天王寺」站，剎那間我閃過走出車廂的念頭，只是沒想到雙腿竟然主動去越界。我在車廂內遲疑了半秒，後面的乘客順勢把我向前推到月台的一部汽水機前，汽水機身貼著松本潤代言的炭酸飲品廣告。那晚上我們在天王寺附近巡視可偷的單車，找不到單車，但汽水機身上的Arashi代言飲品的廣告膠貼，我二話不說就把它撕下給你。就在那台汽水機的轉角處，我們發現了遺失單車安置處的那條小路。一個座位兩份坐，你坐在我的「後座」位置，穿梭於當晚走過的景點。雨越下越大，我們駛進一條商店街避雨。你嚷著要我教你踩單車，說自己總是沒有平衡感，我說每個人的平衡感都不一樣，你要找屬於你自己的。第二朝，我開始自己過著一個月的流浪漢生活，我的青春也包含過義無反顧的狂妄，和徹底的逃避現實。相對之下你的偷單車也不算什麼，我不過是討厭你的偷偷摸摸。

「你係咪認為，賜你滿身泥濘嘅係我，披荊斬棘離開陰霾而活到今日嘅，亦只有你一個？我錯，就係因為我唔係你所認為嘅模樣？」

你說想跟我飛，我就陪你，就像你還是我的愛人一樣。你說感到迷失，我就相信這是真的，我不覺得多年後你又想再騙我一次，即使那真相從沒有被全盤托出。你主動讓我嚐你的腐爛，我也有讓你撫弄我的不堪，然後你突然感到自尊受挫，應該是醒起我從不對這樣的你有興趣，我愛上的不過是青春的影像。愛是恆久忍讓包容，要我包容你當個真實的自己，卻又不容許我去愛我想愛的，也不願接受河水不應再犯井水的事實。「愛」是你的人生通行證，我有義務給你free entry，因為「我愛你」。

我不知你所謂的「愛」是怎樣一回事。或許以你的標準，你有愛過我，或許沒有，這一點都不重要。「我愛你」嗎？我也覺得無關痛癢。

「你唔答我我無所謂。多謝你咁忙都應承同我返嚟呢度，唔我無揸住支槍迫你㗎。」你這樣說。

我們走進小路旁的其中一間居酒屋試試，反正偷單車那晚上他們都關門了。你邊吃著炸雞邊說：「或者你將自己睇得太神聖，或睇得我太低等。」

我把一粒紅色藥丸吞下，再把一粒形狀相約的白色藥丸給你。

小死亡

「食咗佢啊。」

「做咩啊？」

「做得啲咩啫，呢度大庭廣眾唔通我毒死你咩？解酒丸嚟㗎你唔係仲hangover緊咩？我地尋晚飲咗咁多。你記唔記得自己尋晚講過咩啊？」

「記嚟做咩。」

「泥濘啊，披荊斬棘啊。我記得好清楚，可以提醒返你。」

你把藥丸吞下。

「嘑，我無揸住支槍迫你㗎。」

「粒藥咩嚟架？」

「帶住舊有嘅青春，再次嚟到大阪懷緬過去，但我地早就被青春染污，再一齊做咩都沒意思。係時候喺我地嘅青春上面，寫一頁新嘅青春。」

你在扣喉。算吧。

「唔駛扣啦阿Moon。粒藥喺人體內五秒就會自動溶解，然後被身體吸收。你啱嘅，我將自己睇得太神聖，其實比你更自把自為。我都覺得自己無資格怪你，或者係自怨自憐。出發前我已經喺度諗今次旅程有咩意義，結果真係除咗打個炮聚個舊之外就無特別。你話你迷失，咁你有無喺今次旅程度搵到自己？其實你知唔知自己係咩？你suppose係一個仙子嚟㗎，但係我覺得由某一刻開始，你就一直好努力咁做緊好多同你自己相反嘅行為。咁多年以嚟，你搞清楚自己係仙子定魔女未啊？」

「咩仙子同魔女啊，我係人啊屌你！」

小死亡

「你食嘅係增加你抗利尿激素嘅藥,而我食嘅係抑制抗利尿激素嘅藥。等我同你解釋下係咩嚟。我曾經以為用情專一,係生存嘅唯一標準,但係睇返我哋人類嘅進化史,專一呢樣嘢,都係去到後期先至有。而我哋宏觀啲睇成個哺乳類動物界,只係有3%係一夫一妻制,除咗人類,草原田鼠亦都係出咗名忠貞,係因為佢哋用嚟吸收抗利尿激素的的蛋白受體AVPR1A水平高,就會吸收到多啲抗利尿激素,呢種激素係會令到我哋專一嘅。而相反另一種叫草甸田鼠嘅老鼠,就出名性關係隨便,因為AVPR1A水平低。為咗證實呢個學說,科學家就透過注射額外激素同控制AVPR1A水平,令草原田鼠同草甸田鼠嘅AVPR1A水平反常,而結果佢哋就成為咗對方。係人又好仙子又好魔女又好,總之你而家嘅抗利尿激素被增加,你就會係專一嘅仙子,而我嘅抗利尿激素被節制咗之後,就會本能地想出去勾三搭四。留意返啊,係本能,所以我無否定你嘅人生,雖然我係曾經討厭過你背叛我,OK我知你一定會話你無,因為無證據啊嘛,得架啦。總之我而家無討厭你,我反而討厭自己,就好似我知道你心裡面討厭我唔重情,討厭我能夠 move on,而你唔得。唔駛扮啦,你都一定係好似我曾經一樣,心入面有個關於青春嘅影像,無時無刻都會諗返起,然後覺得自己仲未 move on 到,先知會想搵返我呢個舊人嚟重溫。我覺得你其實都討厭你自己咁念舊。唔緊要啦反正我都已經好厭惡自己嘅精神潔癖。我喺度諗,即使我哋是但一方改變咗抗利尿激素值,然後成為咗其中一方,都一樣會惹無被改變嘅一方討厭,唔係咩?我哋呢個組合所衍生出嚟嘅青春,就注定係不幸,但其他所謂match嘅組合,又會比我哋幸福咩?我認為,能夠以一個新嘅價值觀,再加埋我哋舊有嘅經驗,再經歷多一次不幸,係唯一令我哋得到幸福嘅出路。要出發去機場啦,我哋一齊返去啦。」

那些無法過去的去過,就只有這樣才能夠過去。

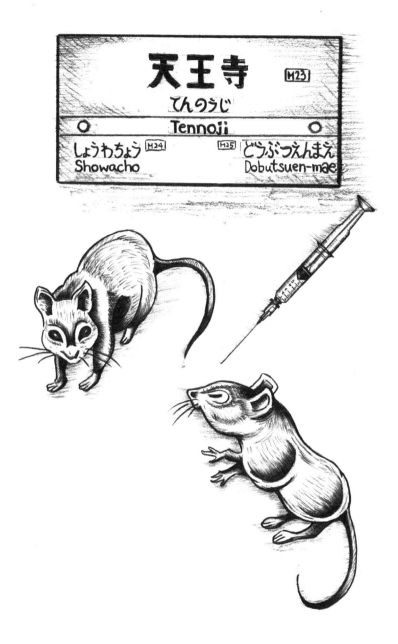

小死亡

怪獸

我還沒有勇氣自殺，所以就想到被別人殺死是種恩賜，
然後我立即有對你們行駛恩賜的衝動。
究竟這衝動是出於愛還是慾望？
自你變成怪獸開始，我竟連跟你做愛的慾望也沒有。
這讓我以為我已不再愛你。
但我問自己，我是隻怪獸嗎？我是個變態殺人犯嗎？一想到這，我
終於搞清楚原來自己是愛你的

Benjiman.

人妻其實跟怪獸沒兩樣，即使讓你知道我是這樣想，你也不會覺得憤怒或被羞辱。「你係唔係唔愛我啦？」光是幻想著，我已經聽到你這樣說，你絕對會這樣說。「我哋唔係最投契嘅？」你以本能反應，全自動的方式，說出這種最表層的偽善，語調很大言不慚。然後我會用枕頭狠狠向你壓下，再把小寶寶了決。「我死都唔放過你。」你會說這句大台電視劇台詞。放心，我們三個一起死去才是最好的事。

早會上，校長在台上替得到榮譽生的女同學進行加冕。台下掌聲如雷，台上的女同學一定覺得自己是港姐，即使女同學不會知道每一下擊掌背後的情感。一把女聲把這個死寂的空間撕破，上一刻響徹禮堂的虛偽給溶化，我們從早會這個監獄裡被解放。校內的爛歌詠團或戲劇班表演，都需要一個這樣的女孩，把靠強裝營造出來的嚴肅表層剝去，觀眾不過想感受真實的感情，好讓他們也可以用真誠的讚美或批判，來覺得自己活著。多得這句：「八婆，淨係識收兵。」全場學生熾熱地活著。想到要刺破你老公的泡沫時，也令我感到熾熱，而最後我還是選擇了當個死人。因為在那時熾熱過後，我想到各式各樣的可能性去誣衊這個女孩，究竟她的妒忌心有多重，存在感有多低，成長有多坎坷，才會發出這樣的哀號，以不堪的人的身份刷存在？

我覺得人一出生就懂如何作惡，但沒有經歷過缺乏，基因裡的壞不足以將人變成壞人，這是我對人性本善的詮釋。

女同學的幸福被女孩踐踏，

不幸的女孩是個不堪的人。

你老公無需被告知你在哪個家跟誰在睡，反正他不會跟你離婚，

因為離婚不會使他高興，也不會使你高興。

我不是一個不堪的人，

我曾真心祝願你們快樂。

小死亡

我在書房，問自己眼前的這個人是誰。

他身穿白色闊身袍，頭頂著四方帽，手握一卷幼稚園畢業證書，被錶在書桌上的透明膠框內。眼珠於眼球內的比例佔很多，這雙放在任何一張臉上都能立即顯得精神抖擻的眼睛，錯配在一張比放空更空洞的呆滯臉上。他當時對著照相機，心裡在想什麼？很可能什麼都沒有想，因為從未見過照相機，沒有該想什麼的經驗。我從沒有看過這樣放空的人，這感覺很滑稽，也頓時覺得每張我看過的放空的臉，都仍然保持著強烈的自我意識，像要防範什麼，或維持什麼無關痛癢的。我本身就是這麼天然呆，後來卻給自己刻上無數個不斷，還去想什麼是真我這種無關痛癢的狗屎問題。

但我還是不覺得這小朋友跟我有任何聯繫。我只認識一張臉，他戴眼鏡，習慣於鏡頭前擺出招牌微笑，這是我的自畫像。

小死亡

眼鏡是我五官的一部分。「搶咗四眼仔副眼鏡佢，等佢變盲佬。」自初小開始，同學就跟我耍這種小學雞玩意，小學雞真是人生最美好的時光啊，那時我們都不知道原來很快就到自己做盲佬了，也不覺得無聊的事很無聊。我小時候不打電玩，也沒於太暗環境或太近地看書的不良習慣，卻比其他同學更早當上四眼雞。這種事情的原因，連我的求知慾也沒興趣知道。全家都有近視，除了遺傳哪有別的原因？世上有更多比遺傳更無必要釐清的事，無論背後有或沒有一個確切的答案。而求知慾偏偏要我們追著真相，追到我們很無助，那時又希望有人拯救無助的自己。人生就是不斷裝模作樣擺出招牌微笑，不斷追求，不斷作賤，不斷依賴，不斷重複，不斷過活。於是我們學會說：

「我嘅近視一定係遺傳，除非唔係。」

我們都心知其實沒有除非，只想簡單地將所有問號諕巄成句號。當我們不再是小學雞，開始意識到追尋是件無聊的事，人生就進入無重狀態，完全離地。

曾經我也很想知道，
那次你到大阪出差誰把你變怪獸，
但一想到離開你不會使我高興，我就不想再想下去。

書桌前方的白牆上，貼了一張一歲小寶寶的照片，小寶寶的眼睛也是非常通透，其實每個小孩的眼睛也是長這樣，沒有除非。我的父母總愛說我長大就變了樣，喋喋不休的說個不停。他們就是喜歡透明膠框內的呆胎。

書桌旁放了一道鏡，我拿起它，也拿起透明膠框，走到小寶寶面前。我把眼鏡擲下，鏡子照著一個刻了無數個不斷的人，雙眼炯炯有神，自然地裝模作樣，我望著呆胎，覺得父母所說的都沒有錯。我望向小寶寶，也望一下呆胎，我突然在想，父母可會覺得呆胎跟他們長得很像？於是我又望著鏡子，又望下小寶寶，再望著鏡子……

嗯，鏡中的人不像我，
呆胎不像我，
小寶寶也不像我。

　　　　　　　　　　　　　　　　　我不認識他們三個。

我離開睡房，走到廚房煮了杯熱鮮奶。

最近已習慣在這鐘數被叫醒，以致開始會自然醒，很睏地醒著。我想一口氣把熱鮮奶喝光，卻盪到了舌尖，只好將熱鮮奶放下。我覺得自己被困於熱鮮奶與睡房之間的一個討厭的，徒然的空間。我逃脫到客廳，將身子安放在沙發上，迎著窗外微弱的藍光，捏著抱在手上的枕頭。由於我妄想小寶寶的那個爸爸永遠都出差，和自己不是叔叔，於是我順道妄想自己可以當個晨運客，還可以跑到家裡的後山看日出，然後回到家給他們做早餐，送小寶寶上學，不斷重覆，不斷過活。

我用枕頭蓋著臉，眼前一片漆黑，我恨不得有人狠狠地將枕頭向我壓下。我其實不想看日出。

我還沒有勇氣自殺，所以就想到被你殺死是種恩賜，然後我立即有對你們行駛恩賜的衝動。究竟這衝動是出於愛還是慾望？自你變成怪獸開始，我竟連跟你做愛的慾望也沒有。這讓我以為我已不再愛你。但我問自己，我是隻怪獸嗎？我是個變態殺人犯嗎？一想到這，我終於搞清楚原來自己是愛你的，就像我愛坐在青梅樹下的你一樣。

小死亡

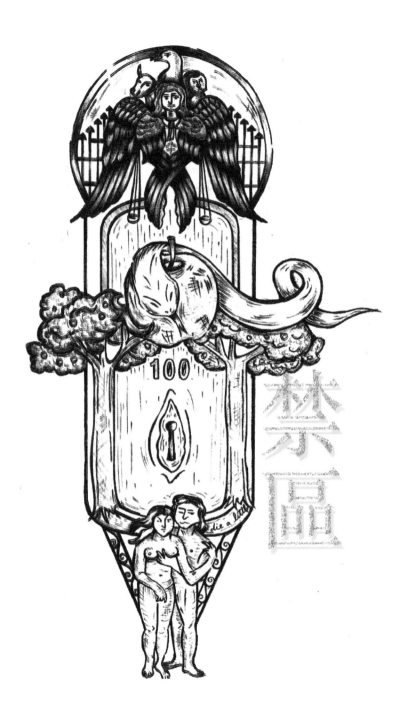

在昏暗的橙紫霓虹下，仍能隱約看到藏在假樹林內的十數人，被濃烈的煙霧搞得和藹可親的從容神色。我們都知道這些果香味的煙霧，不是普通的香薰，我們手上那杯聲稱只是青梅汁的飲品，裡面也有些不知名成分。「先飲一杯再進場吧。」服務員說是這裡的規矩，所以當我找到一棵角落的樹，在旁邊坐下之後，手上的第二杯青梅汁還未喝，自我管制意識已逐漸卸退，我再抑制不了自己想正眼望你的慾望，但你的視線沒有落在我雙眼上，而是掛在樹上的果子上。

「禁果啊？」你問。樹上掛著的不是毒蘋果，而是青綠色的梅子。

「呢度禁區，梗係有禁果啦，你要唔要試吓？」

我讓這種爛得教自己發抖的話脫口而出。但我本身就是這種質素的人，來到這裡自然說著低質，俗氣的說話。迷霧下一張又一張完全不為自己而羞恥的臉都很俗氣，我頓覺自己被墊高了一點。禁區外，俗氣的人都很努力讓自己表現得稍有格調。禁區內，每個人喝過青梅汁，感情得以釋放，終於可以任讓自己落入俗套。

「熟過頭啦，唔食得。」你還是望著假樹上的假梅子。

眼前又瀰漫一陣濃霧，我覺得這個地方是一個巨大的玻璃盅，周圍都是乾冰，而我是一塊被蓋住的東坡肉。煙霧飄散過後，身邊的俗氣臉好像升格到變順眼了，而你依舊比其他人高幾十個檔次。

小死亡

「哦，原來咁快熟咗啦。有無食過過期嘅嘢食？我有好幾次唔知原來啲嘢食過咗期然後食咗，都無事啊。」

「咁係你好彩。」

「禁區，禁果，過期，best before，有時唔知道就仲好，一知道咗係有個期限，或者係被禁嘅，有啲人就會變到唔敢試，又或者特登試。薯仔以前喺法國，叫做鬼蘋果，啲法國佬覺得對身體有害。直到後期有個農學家喺一塊低產地嘅農場種薯仔，搵一班衛兵喺晏晝嚴守住塊田，夜晚就撤走，咁樣反而引到其他農民夜晚偷偷地去偷薯仔，佢地先知薯仔幾好味。你知唔知呢個故事係想講咩？」我期待她的答案。

「咁你知唔知道，點解呢度要叫禁區？」你反問。

「應該想俾人一種越禁就越想試嘅感覺。」我開估了。

「你肯定？我係問你知定唔知，唔係問你估咩嗰。」

你終於正眼望我，像在告訴我，你是多麼的獨立自主，別幻想把你當玩物看。一個手上還沒摘下婚戒的女人來到禁區，在我面前擺出一副叫人眼看手勿動的姿態，背後一定藏著隻色迷心竅的怪獸。我渾身都是想征服你的慾望。

你繼續說：「其實唔知都無咩所謂。點解呢度叫禁區，我哋又點會知。」

「咩都唔知真係好？你咁講完我又好好奇，我諗我一陣會問下服務員。未試過薯仔都唔知薯仔好味啦。你唔食熟曬嘅生果嘅咪食生㗎囉，生果吖嘛。食得多熟都會悶啦，唔係咩？」

我本懷疑人性本善，因為我們都活得像頭怪獸。然後，我見證每個人於禁區隨心所欲地釋放自己，卻沒有釋出怨恨，虛偽和標籤。一切舉動純粹出於善意。一踩進禁區，就再無法徹底擺脫它。踏出烏托邦的第一步，無力感和罪疚感就跟著來。我想著一些很基本很無謂的問題，存活於這陌生的城市，人際關係的意義是什麼？十分鐘前我學過，感受過，人際關係的真諦，十分鐘後，我就只記得我學過，感受過。學過什麼，感受過什麼，卻被我忘記得一乾二淨，像斷片一樣把裡面情節統統忘掉，只記得被解放的靈魂留了在禁區，我要回去認領失物。我再次踩進禁區，這次被斷片的是都市，上下班，生存，和假面具。之前斷了片的，這裡的回憶，原來只是按了暫停鍵，現在又在播放。那些由俗氣變得順眼的臉，有幾張正出現在我面前。我記得我上次坐過的那棵樹，記得你望過的梅子，我想，如果此刻你仍坐在我身邊，我或會把時間混淆，以為自己從沒有離開過。我還記起上次離開禁區時，我忘了問服務員禁區的意思。

小死亡

我問服務員：「你好……我可以點稱呼你？」

「我叫智天使。」我差點笑了出來。

「有咩幫到你啊？」

「我想問，呢度叫禁區係有咩意思？」

「因為呢度有我守住，唔係個個都入得嚟，所以呢度叫禁區。」

「哦，你係咪呢度老闆？」

「老闆？你指嘅係我哋偉大嘅造物主？我並唔係造物主，我係守住禁區嘅智天使。」條友仔好入戲。

我在門外的石級坐了一小時，再次感到無力。裡面發生過的事，我又記不起了，只記得被解放的靈魂留了在禁區，我要回去認領失物。

解放靈魂，放縱，內疚，無力，在生命中循環不息。沒有孤獨，就沒有需要找慰藉。沒有罪惡，善心就不能被彰顯。需要找寄託的慾望，也不止得善。我開始適應了禁區後遺症，更享受這種於浮世輪迴的狀態。

眼前的你又是同一副妝容，跟第一次見你時的那張臉重疊起來，中間彷彿沒有時間差。唯一教我沒有把時間混淆的，是今次你坐在隔我幾棵樹的位置，放蕩地對我單了眼後，就飾演身旁男伴的淫婦。我一直有來捧你場。每週同樣時間，同樣地點，你都會上演著一場又一場人妻大戰 random strangers，如何欲拒還迎至高潮。我一直都是你的粉絲。我早說過，生果就是吃生的比吃熟的好。

小死亡

White
Lady

「White lady邊有咁易醉。」

「唔醉飲嚟做咩？」

兩個人在酒吧喝著White lady。其實，我們能稱彼此為陌生人嗎？我們用眼神互相確認了，即使記不起在禁區發生過的一切，卻會記得每張見過的臉，我知道我認識你，而你也知道你認識我，但我們都只會記得，我在裡面見過你，就僅此而已。我感到很錯愕，同時我感覺到對你有股潛藏的，不知名的衝動要釋放。我向你拋眉，然後陪你不斷續杯，你眼內的雪花越積越厚，卻藏不住裡面一片頹垣敗瓦，把你的靈魂壓在眼球底下。

我將戴在手上的戒指放進褲袋，然後開始跟你說著我跟前度的事。有次我們在做spa換衫時，不慎在除戒指時把它掉在地上，前度笑說，執得那麼緊張一定是前女友的信物，然後我也不否認了。二人的靜止之間，夾雜了幾百個漢字，簡化成一句「換轉係第二個你命都無啦。」

豁達是面對突如其來的坦白，唯一一個得體的選擇。後來我明白了愛情的奧妙，謊言是建立一段關係的基石，愛情從來都容不下坦承，直至最後，謊言會陪著關係蓋棺。把關係說太白，就沒有刻在骨頭上血淋淋的刺青。我將死纏著戒指不放的我，說成已經是過去的事。我選擇讓你知道，我也是過來人，被回憶纏繞過，但我也好過來了，你也別讓性感死去。

小死亡

跟你續杯時，我在想我可以怎麼去得到你。臭味相投和惺惺相惜都不行。心房早給前度搶佔了，長期住在對岸，靠抱著每個陌生軀體維生。我們早就失去愛上其他人的能力，這樣的自己極討厭，這樣的我你也一樣會討厭，最終我只會被friendzone，然後大家再沒有下文。我們都是不懂自愛的人。所謂自己愛自己，根本就沒有意義。人窮一生就是該找個愛人，要不找個愛你的人，或至少寄生在別人的溫床上。我們愛不了人，但我們要什麼，不是比我們愛什麼更重要嗎？

我想起了之前看過一篇潮文，說「喜歡上一個人」這句說話有多重解讀。

I like someone.
I like to have sex with someone.
I like the last one.
I like to be alone.

說的都是我和你吧。

我們不會是彼此的 "the one"，但我們可以成為彼此的 "someone"。

你相信，我是你今晚的抗抑鬱藥。

禁區外借酒消愁的你，跟樹叢裡傲慢像冰，教我一見著迷的女主角，完全是兩個人。我們壓抑地活著，終於在禁區內認識自己，我們為之而狂喜，或更羞愧。然後跌回現實，又再壓抑地活著，再沒空理會那個萬人迷或地底泥是真我還是錯覺。我跟你坐在梅子樹下，我閉上眼睛，回想昨晚我為你抹去身上的雪花，你給我在白茫下鑽木取暖。我把手上的青梅汁全喝掉，我覺得我們正在跟兩個不同的對方談戀愛，而我滿口也是你為我含的冰。

我們坐在門外的石級，把剩餘的半盒煙抽完後，彼此都不想說話，盡量感受禁區的餘韻。過了一會，我突然有想正眼看你的衝動。我們用眼神互相確認了，

這是我們故事的開端。

小死亡

故事已到了結尾。

我回到睡房，又用枕頭把臉蓋著。什麼也看不見的失明人士，看到的也是同一片漆黑。我聽到一把聲音，裡面夾雜了鄙視和嘲笑。

「你做咩啊？」

我怎會知道自己在做什麼？為何我把小寶寶的照片貼在白牆上，為何要讓你們兩個躺在我家的床，明明你們的家都有床。

「因為個仔係你㗎囉。」你會這樣說。

我們打從一開始，就不打算證實小寶寶的姓。知道這樣的真相是沒有意義的，反正小寶寶都是由媽媽的老公去供養。

小死亡

慾望的盡頭很狹窄，容不下半點替人設想。怪獸是神也是鬼，夾雜
混淆與荒誕於一身，指鹿為馬，雙重標準，或美其名用個古惑的方
式，想要把人矇騙。我們不能將怪獸釋出，但說到底是怪獸還是世
界比較可怕？沒有規則的世界使我們反感，只因我們一開始就學會
了循規蹈矩。規則說，你是被生出來的，就要被父母期望，被社會
同化，被制度捆綁，被分門別類，被對錯審判，被世俗標籤，被灌
輸堅持，積極，硬朗。然後當你學會，習慣了所有規則，你就要再
去習慣，沒有規則的世界，被慾望蠶食，被愁雲矇閉，被謊言出
賣，被憤怒吞噬，被怪獸殺掉。我們圍成一個大圈，築成一道不能
被克服的人牆，誰也逃不了人與人之間互相纏繞，連繫的命運。
圈內每個折墜的靈魂，都是罪孽的始作俑者。小寶寶，別人將會
因你而倒地，因為你是骨牌一份子。人類是神也是鬼，是建立也
是摧毀。魔鬼扮演天使，天使充當魔鬼，想在地球尋找更闊的天
國和更純的煉獄，因為我們自認比人更高，更值得。到清算日，
每個始作俑者，也是骨牌的末端，由無辜的肉身扛下所有罪名。

「我地開始未？」

「嗯。」

「你今日想點玩？」

「綁起我，留痕。」

「第一次聽你話要留痕，唔怕返到去俾人發現？」

「我要見曬血嗰隻。」

「得啦反正同你咁熟，今次等我自由發揮。你而家行埋去個鐵架度，我哋正式開始。」

Erica把我的臉壓在鐵架上，眼鏡被壓得歪了一歪。穿上高跟鞋的Erica身高有一米七幾，壓在我身上把全個我覆蓋。

「望過嚟啦，賤貨。」一啖口水射在我的臉上，我打了一個冷震。我最期待的前戲要來了，她用剪刀把我的襯衫上剪了一大下，然後用手把我的襯衫撕裂。我光著上身，雙手被扣在鐵架上，一道火光在我背上來回。

「啊......」

「嚟料啦。」她解開我的褲頭，脫去我的長褲，手上拿著的是我的皮帶，二話不說就對我抽打。

「用有扣嗰邊。」

「好。」

「啊！」

骨骼像要被鐵扣抽擊至快裂開。我聽到皮鞭夾的開鎖聲，

「我而家就同你見血。」濺在牆上的血跡證明她今晚沒有虧待我，但我仍未感到滿足。

「入我。」

「好。」

「啊！」

Erica把東西放進我體內，我說：「俾我感覺你有幾愛我！」

「你有幾犯賤我咪有幾愛你囉，賤貨！」Erica用力向我示愛。

「唔準叫我賤貨，叫我老公！」我說。

『我仲係好愛佢。我好希望佢仍然係以前嗰個，永遠愁雲密佈嘅佢，咁我就可以飾演我想飾演嘅角色，成為佢身邊唯一一個值得依靠嘅人。原來，當佢終於成為咗我想飾演嘅嗰個角色，個感覺就好似自己曾經好有錢，可以去接濟人，到而家自己家道中落，被我接濟過嘅人，就變到好有錢，自己再無面目去抬起頭見佢一樣。我最討厭聽到佢講嘅說話就係「唔好唔開心啦」。我都估唔到，我原來係想佢做返我初初認識佢嗰時嘅阿愁，一個同我一樣嘅阿愁。由我清楚知道佢已經徹底變成一個，我唔想對住嘅人開始，我就明白，我唔應該追求佢去明白我。我諗，佢根本就無諗過要去明白我。佢想得到嘅，我都已經比咗佢，佢其餘想得到嘅，我都已經俾唔到佢。佢對我嚟講，已經成為我嘅一面鏡，有佢喺我身邊，我就搵到我自己，令我知道我同佢係兩個世界嘅人。我望住塊鏡，心裡面有一鼓衝動，就好似我初初認識佢嘅時候嗰股想佔有嘅衝動一樣，我想將呢塊鏡擊碎。』完事後，我和Erica坐在床上，對她說著我只會對她說的話。

「明白。咁你仲有無嘢想玩？」

「無啦，你知我淨係鍾意玩痛，變態嘢唔啱我。」

「嗱你咁講就唔啱啦。每個人或多或少都有癖好，點可以話玩聖水黃金就係變態，而你就唔係？你咁咪即係合理化自己？講到尾我地咪又係服務性行業，有供有求啦。」

「得啦知你多appointment，今次係我最後一次搵你啦。」

「會唔會啊？你唔搵我虐待你，你都要搵我做你社工啦。無咗我，我睇你同你老婆點。」

「以後唔洗你擔心啦。我決定同佢換一個新嘅方式生活。By the way其實佢唔係我老婆，咁耐以嚟都呃咗你。」

「你唔駛同我講真話嘅，正如我都唔會同我嘅朋友講我做呢行，有啲真相都係留返俾自己就夠。下次見啦，我諗。」

小死亡

只有我想你理解我，而自你成為怪獸開始，我就發現這是一件無聊的事。血濃於水如父母子女，兄弟姊妹，朝夕相對如夫婦，或稱兄道弟的手足，當中沒有任何一對有著跟對方心領神會的義務。我們的真實性，總被對方帶有防禦性的獨立攔開。大圈內每個互相連繫的人，都感覺著相類似的強烈孤獨。那些動不動就說自己人生要淪陷的人，可能沒有想過根本沒有人對你的島嶼有感過興趣，就像這些人的限時動態一樣，連替別人茶餘飯後消遣的功用也沒有。你在我眼中已變成一頭怪獸，而你打從心底覺得怪獸又好蜥蜴也好螞蟻亦無所謂。你是個經歷過勞改的犯人，努力不讓自己也不讓別人嘗試提醒你的過去，而你討厭我是你曾經的臭模樣。我就是討厭你總是偷偷對我斜眼，每個笑容底下我都看不見任何表情，連一絲似是厭惡的表情也看不見，總愛在別人面前展示著那狗屎般的獨立自主給我看，和每次坐在我的座駕旁，總把身體貼得很近車窗。但我還是很愛你，還記得很清楚，那天在酒吧第一次正式遇見你時，那種想跟你發生關係的衝動。衝動就是愛嗎？那有愛沒有衝動？很快，你的老公就會被告知你在哪一個家跟誰在睡。請相信我，拆散你們從不是我的原意。

小寶寶不像我，我是什麼？你愛不愛我，愛是什麼？當我下了定論，確認你已經不再愛我時，所有除非都已被我無視了。終於當再沒有需要猜忌時，猜忌停止了。我對你們又一次衝動了，把你們的衣裳染滿了藍血，終於我又覺得我們三個有點像。我想，這是我自跟邱悅平於禁區門外對望的那晚上，最親近的一刻。

小死亡

鱟，又名夫妻魚，雄鱟會趴在心儀的雌鱟身上，用腹足將其夾住，令她動彈不得。每當春夏季的繁殖季節，一對男女鱟結成夫妻後就形影不離。所以漁民捉獲鱟的時候，通常都是一對對的，故捕鱟又稱之為「捉姦」。被捕獲參與放生儀式的鱟，即使被放生，往往也會因為未能認識新的棲息環境而死亡。

小死亡

人妻

我跟邱悅平，連同我們跟殷樂娜之間，三個人的往事，
已經完全被我鎖進隱藏的按鈕裡，
我本以為把他們放在這裡就很安全，
我本打算一直這樣裝作無事地苟活。

我仔細打量這位嬌小可愛女優的五官，留意她每個細微動作，每次擺動，聽著她的喘息，突然女孩的模樣完整地套在女優的臉上，我入定了。那年的確特別凍，女孩揉弄手上的暖包，我無法無視眼前一片不及膝的光景。女孩來到我的房間，帶著比她噴的香水還要濃烈的挑釁，我的身體微微抖震，每當我陷入緊張時就會這樣，小時候我被老師或父母責罵的時候也是會這樣，只是在我面不改容的隱藏下，他們只會覺得我嘴藐藐，不會發現我的情緒。我把頭靠近得快貼著電腦螢幕，她不斷推開我，我不斷親吻她。我右手捉緊電腦螢幕，像我捉緊躺著的女孩的頸背一樣，而左手當然就是去要去的地方。完事後我感到無比失落。那晚我的左手，是放在她的喉嚨上，我用雙手包著她整條頸。我還是記得很清楚，女孩因疼痛而四肢繃緊，縮起來像隻四腳朝天的小青蛙的這個畫面。我一直自覺女孩住在我體內，這些年來，我還會偶爾觀賞女孩的社交平台上的內衣照。我知道自己病過，但我相信自己已經好過來。對某人念念不忘，將她放進心房暗處，然後繼續過活，過著看起來perfectly fine的人生，很多人也是這樣。

我將這條AV的連結bookmarked了，連續幾天我都有拿來回味。放在心裡的人，一定是很愛，或很討厭，或對這個人有很強烈的情感投射？我不會知道這個對我恨之入骨的女孩，現在有沒有放下了我。我只知道，這世上多了三個瘋子。如果她可以放下這段不愉快經歷，對她來說當然是好事，只是我很清楚，我不想任何人放下我，忘記我。我沒有放下過女孩，但為何我會沒放下她？我可曾愛過她？我對她的情感投射是什麼？

按鈕

我往車子停泊的位置走，在等過馬路之際，我隱藏已久的按鈕，被女孩的背影不廢吹灰之力地按下。過了多年，我終於第一次再遇到女孩，那以為陌生，但原來熟悉不過的，久違的痛，被提醒了。原來我沒有病好過，就是這個我一直都沒有很愛的女孩，使我一直在病。我根本不用上前看她正面就知道是她了，再沒有人比我更記得她的身型。本以為一直都沒有病發，就覺得自己已經好過來，到後來發現，原來傷痛是一輩子的。按鈕被按下時的疼痛，並不純粹因為正中要害，其伴隨的失望所帶來的震撼，才是最痛。我不能走到她的正前方，我不能讓她看見我。那晚上我給女孩帶來了傷害，我是這樣覺得，她還沒有走出陰霾，她不會走出陰霾。她正在用免攜跟朋友講電話，步速比以前我們散步時還要慢，我只能把步速調慢，一直保持距離跟在後面，這使我很不自在，又或是跟蹤人這回事，本身就會令人不自在。以前散步是我們的同共語言，一邊散步一邊談天，不經意就行了好幾個地鐵站，現在我也跟你在散步啊，但我緊張得很，她會不會突然掉頭？如果她掉頭，我若無其事地直行直過可以嗎？她會不會認得我？要是我也立即掉頭，應該會顯得很明顯。女孩向著地鐵站口方向走，如果她是回家的話，我知道她會坐哪條線，我一定要跟下去，跟到落車，跟到出閘，跟到她的家附近，跟到我覺得跟無可跟為止。好不容易才讓我遇到她，這是我們的緣份。當我正盤算要如何在車廂內暗地跟蹤才不露聲色時，她突然停在原地，我慌了，立即掉頭往反方向走了十數步，才敢閃縮地回頭望她。她站在一家時裝小店的門口，然後走了進去。

小死亡

慘了，小店不能跟。我走到人流湧湧的對面街，一時間找不到容身之地。我站在一條後巷，以遠距離偷看女孩，但附近的人流已經讓我看不到店內的狀況，我只能期待女孩快點離開小店。過了五分鐘，還是沒有見到女孩，我著急了，一間小店有咁多嘢睇？我替自己找了一個更好的位置，就是在一家餅店前面，可以正對著對面的時裝店，在我前面有一部在等客的小巴掩護我。在我旁邊站了一個流浪漢，是最典型的流氓式「絕望企」，即是站在一些不該站的地方而久久不動，難道你又要跟蹤誰？像他們這樣絕望，生活沒有目的，站著不動有甚麼問題？為何要他們移動？移動到哪裡？當我察覺我和阿叔站在一起的這個畫面，開始被小巴內的乘客察覺到時，我便覺得很尷尬，於是我又移動到另一個位置。我實在按捺不住，只好挺而走險，在小店門前快速掠過。我第一眼沒有看見女孩，便再走近一點，發現女孩正在跟收銀姐姐談天，我立即跑回對面街的餅店門前。阿叔已經走了，連小巴也載滿客將要駛離車站，我將毫無掩護，結果我又回到後巷。我想我現在這個行為，就像大台那種警匪片，警員喬裝上陣的跟蹤場面，但我發現我的target不見了。

我走到小店門口，女孩已經不見了。
我想她沒有走進地鐵站，而是從小店側門走進了商場繼續shopping。

她消失了。

很多人還未體會過隱藏的按鈕被按下的衝擊，這是將我們竭力隱藏，無視，及否定的人生，無情地揭發出來，再也無法視而不見，一直以來賴以過活的信念被瓦解，痛得想破口大叫但嘴巴卻被縫上。這不僅是傷害，而是永久的自我摧毀。但說到底，所摧毀的自我，不過是我們親手建立的，用來逃避現實的理想國。按鈕被按下，就是要我們回首溶爛不堪的一生。

我被自己卑劣的思想徹底掏空了，坐在座駕上一整個小時不能動彈。重遇殷樂娜，令我覺得離開她之後所有生命中出現過的人與事，原來都不重要。我很想擁有她，比以前更想，這渴望使我快要反胃。因為我對殷樂娜的思念，並不是愛，也不純粹是性慾。如果我不認識邱悅平，殷樂娜對我就變得毫無意義。

任多年來我如何跟過去沒有瓜葛，我仍覺得跟邱悅平之間，有一條很幼很幼的線，把我們連繫著，我只要一生都不觸碰這條線，它就不會斷，一切就最安好。

這件事把我，殷樂娜和邱悅平三個人變瘋了。我相信我跟殷樂娜的事，成為了邱悅平生命中竭力隱藏的按鈕。即使過了這麼多年，那條很幼很幼的線，仍時刻提醒我要好好去保護它。殷樂娜對我來說，是我永不能再次觸碰的禁忌。而我剛才竟然在享受著那條不可被切斷的線，所帶給我的禁忌的快感。住在我心中的不是殷樂娜，而是自從跟她發生了關係後，伴隨著我的怪獸。這是我在重遇她之前從不自知的。

小死亡

混濁

褻瀆殷樂娜的那晚上，她比任何一個女生都美。殷樂娜坐在我的房間，揉弄著手上的暖包，說我家西斜特別凍，在我眼前是一片不及膝的光景。高年級的蘇格蘭裙，以紅色和黑色為基調，配襯草綠色的十字間，當然比低年級冬季校服那條累贅，老套，用上藍色十字間的蘇格蘭連身背心裙吸睛。上身的黑色V領有鈕毛衣，毛衣內的淺粉紅色圓領長袖襯衫，這身冬季校服就是為殷樂娜而設的，就只有這套校服，殷樂娜比邱悅平穿得好看。邱悅平穿上高年級的夏季校服，是我的 all time favourite，白色圓領水手服配碧藍色細格子領帶，裙子也是跟領帶同一款pattern，正是這罕見的碧藍色，讓我校於眾多的水手校服中脫穎而出。我從初中開始已經愛上了邱悅平，她連那件生命麵包配色的低年級鬆身夏季校裙，都能夠穿得像個去草原野餐吃餅乾配鵝肝醬的年輕貴族少女。這套連身校裙的下半身，兩袖和衣領，都是枱布一樣的藍白細格，而校裙的上半身是白色的，顯得像帶了一條「口水堅」在胸前，實在難看得很。邱悅平就是穿什麼都好看，而殷樂娜正有著跟邱悅平相反的特質。她以低俗和傲慢，日復日挑逗我，想我主動越過紅色界線，然後她就擺出一道不可高攀的門檻，繼續把我攔著，享受著對我慾擒故縱的過程。有如仙子一樣的邱悅平，也是同樣的一直把我攔著，有時連我自己也覺得她就是我不能褻瀆的神明，我不捨得褻瀆她，暗地跟她保持距離感，作賤自己的同時，還是想繼續膜拜她。

殷樂娜竟然把自己當成了邱悅平。我一手把殷樂娜推到床上。這個女孩，公然將姊妹的男友奪去，跟我這個愛上女友的姊妹的賤人一樣無恥。我用身子壓著殷樂娜，俯望她無助的掙扎。女孩並不愛我，她只是愛搶玩具。我嗅著殷樂娜身上冬季校服的氣息。我愛的也不會是女孩啊，我不過是不想再自制。殷樂娜發出撕裂的哀嚎，事前我並沒想過，這竟然是女孩的初夜，但那時我只感到無盡憤慨。這個跟我一樣賤的賤貨，有什麼資格自命清高，像邱悅平一樣不讓我觸碰？我不是你的其他低年級嘍囉，我是個無恥的賤人，不，我不是人，我是個無恥的，沒有憐憫之心，對流落在紅色短裙上的血跡視而不見的物種。我要將眼前這個跟我一樣的物種，那可惡的人生瓦解。

事後我們三個都瘋了。邱悅平被殷樂娜告知發生了這件事後，她無法面對殷樂娜，所以她們決裂了。或者邱悅平無法面對的，是這些本應該由我們兩個一起經歷的，如今我竟找了別人去經歷的這個事實，她真正無法面對的是自己。那晚殷樂娜狠狠給我一把掌之後，立即也跟我分手。而我肉體上污辱了殷樂娜，精神上侮辱了邱悅平之後，就再沒有跟這兩個女子，與及身邊的同學有任何交集。

車子在我眼前閃過，我踏著油門飛快趕回家，思路仍浮遊在剛才地鐵站口外的那段路，我渾身盡是可恥之感，當中夾雜了莫名的興奮，身體微微地抖震起來。我想要找回那條bookmarked了的連結。收音機傳來了一則新聞：

小死亡

「城市花園H座昨晚發生命案，一名年齡三十四歲女士及一名兩歲兒童，被發現伏屍於一名姓羅男子單位內嘅睡床上。而該名姓羅嘅男子因失血過多，當場不治。警方將男子嘅案件列為自殺案，而其餘嘅兩名死者，初步估計係被姓羅嘅男子用枕頭焗死。」

我打開我很少用的facebook。我跟邱悅平之間，疏遠到只剩下那丁點的網路上的牽連，連她的死訊，也要靠facebook mutual friends的貼文來得知。

　　　　我跟邱悅平之間唯一連繫著的線，最後還是斷了。

那些我老早就忘記是誰的人結婚生仔，哪個藝人又有什麼炒作，大眾今天又玩什麼分化，社交平台上就只有這些無聊的資訊。將關係公諸社交平台的情侶，有天若置身於一個沒有網絡的荒島上，一定會互相嫌棄。社交平台的所謂聯繫，全都是淺層，毫無意義，虛假，甚至有毒的。真正親近的關係，又何需隔個社交平台，靠來自五湖四海的net friend去幫你聯繫？像我這種對於邱悅平和殷樂娜而言，早就不想再聯繫的人，沒有將我的社交平台封鎖就只因怕失體面，所謂的net friend其實並無意思。我沒有於任何一個邱悅平的貼文給過任何一個可恥的讚好。邱悅平的電話號碼老早就改了，我也做不出問朋友攞contact這種可恥的行為。就這樣，我跟邱悅平，連同我們跟殷樂娜之間，三個人的往事，已經完全被我鎖進隱藏的按鈕裡，我本以為把他們放在這裡就很安全，我本打算一直這樣裝作無事地苟活。

邱悅平和殷樂娜出現在我的青春，我沒有資格感恩，但我感激他們
擯下了我給她們的傷，令我所謂成長了。成長並沒有使我變成更好
的人，向好發展永遠使我感到沉重。我的所謂成長，就是讓自己更
清楚自己的低等，然後坦誠接受。我並沒有打算再讓教我成長的恩
人進佔我的生活，但當我跟邱悅平重遇時，我卻暗自感恩上天的安
排，這是何等矛盾的想法。

　　　　　　邱悅平就這樣走了。

「邱悅平走了。」
一年前，我在電車內跟自己說。

電車公司於感恩節推出全日免費乘搭優惠，結果車廂內比搭JR更擠
擁。我在下層站著，一位坐著的中年婦人要下車，我接替她的位
置，終於完結跟乘客之間的身體碰撞，一位一身Hip Hop風的男子取
代我本身站著的位置。電車駛至中央圖書館站……

「喂！」

邱悅平坐在我對面，大半個身軀被站在我們中間的Hip Hop男擋著，
我們要探過頭來跟對方說話。

「好耐無見。」

　　　　　　　　　　　　　　　　　　　　　　　　小死亡

「係囉咁多年都撞唔到你。」邱悅平沒有任何類似哀怨的情緒，看起來還有點雀躍。我總覺得眼前的不是邱悅平。

「你而家仲係住喺北角？」邱悅平主動打開話題，不然我大概要一直尷尬下去。

「唔係啊，我阿爸前排走咗，我同阿媽搬咗去西灣河。我而家揸阿爸架的士。」我不自覺跟邱悅平匯報這些我想她並沒有興趣知的事，我又不是要乞她一句take care。

「哈哈，以後要叫你的士陳啦！搵你有無折啊？」我寧願她答take care，這樣比較邱悅平。

「有啊，我俾我卡片你，可以call我。」Hip Hop男將地板當成dance floor，我把握時機，成功避開他的身體，把卡片遞到邱悅平手上。

「西灣河都有好多好嘢食㗎喎，最近開咗間Pho，X假期話係越南華僑開㗎，我下次出開嗰邊可以搵你一齊試吓喎。」

你不是我認識的邱悅平，請你不要再蠶食我們的回憶，請你不要在我生活中出現。

「嗯，好啊。」我說著口不對心的答案。

「啊，唔好意思，唔記得咗要打個電話⋯⋯喂，今晚不如你煮飯啊，我想食牛扒啊你可唔可以落超市買？⋯⋯嗯，好啊唔該嘵⋯⋯同埋屋企好似無晒廁紙，你可唔可以順便去超市買埋？⋯⋯好嘢！我去同啲姊妹high tea完就返嚟啦⋯⋯嗯好啦bye。」

邱悅平在通電時，右手無名指的戒指一直閃著我。

「你結咗婚啦？」我開始覺得無論跟她開什麼話題，所談的統統都很掃興，但我還是不經大腦，明知故問掃興的事。

「講埋啲咁掃興嘅嘢，你睇到㗎。」邱悅平再次用婚戒閃我。「做咗人妻幾年啦。我老公呢個月出差唔喺香港，我同我個仔喺男朋友度住緊。北角都好啊，有間蝦麵幾唔錯，不過我今晚想食牛扒，其實去完high tea都可以去買餸嘅，但係我又懶得買又懶得煮。」

「哦。你個小朋友呢？」

「咪我男朋友睇緊囉。梗係睇少一陣得一陣啦，你有小朋友就明㗎啦。」

小死亡

Hip Hop男的耳機漏出的音樂聲越來越大，乘客困在車廂內，被迫聽著不想聽的音樂，和陌生人之間沒趣的閒聊，直至對話內容開始有話題性，乘客開始擺出一副裝作漠不關心的八卦臉，車廂一地花生殼，邱悅平是這裡的表演者，連我也被放上舞台。電影，電視劇和小說，跟觀眾總有距離感，觀眾最愛看的是真人show。邱悅平毫不介意自己成為焦點，在我和觀眾面前，肆無忌憚地分享她多姿多彩的愛情生活，這樣去愛的人，是殷樂娜，是我。邱悅平劃花了自己的人生，對傷痕纍纍的青春作出最深切的報復。我沒有擁有任何正面或放任的愛情，潺弱的人生被鬱愁稀釋得暗啞無光，我不是邱悅平期待的，可以較勁的對手。邱悅平對我報復，但我連上場的資格都沒有。

「我無拍拖。」我讓她知道，這就是現在的我，即使她也沒有問。電車駛到北角，我打算施展我最擅長的技倆，就是逃避。我要在下個站落車。

「我落車啦。你繼續坐到去西灣河㗎啦，咁我要車嘅時候就call你啦，到時你唔好話要交更啊。」邱悅平的位置由跳到累的Hip Hop男取代，觀眾像追隨偶像一樣跟邱悅平在同一個車站下車。我繼續坐在車廂，緊接又換上另一批乘客，車廂更加擠擁，當中有誰會為電車公司回饋社會的舉動而感恩？其實不感恩又如何？感恩父母將我們養活成人，感恩師長贈予我們知識，感恩前度使我們成長，說得出這種說話的人，大多都是說完就拍拍屁股走人，並無半點服務精神，比物種還要低劣。內儉地感恩，把感受擱在心房，自我陶醉相信自己頂著光環，是對世界充滿感知力的感性動物，靠鄙視別人的沒心沒肺和不懂感恩而活。我就是個不懂感恩的人。其實只要承認了，渣男也好，賤人也好，甚至枉為人也好，也比口裡掛著感恩的人來得磊落。

我跟父親都是不懂感恩的人，因為我們都沒有向對方表達過任何感受。我辭去我的工作，當了的士司機，座駕上的皮革仍殘留父親的氣息。坐在父親這數十年，每天坐十數小時的座駕，我覺得這是我跟父親最親近的距離。關掉收音機，不聽call台，長時間置身車廂內，隔開外界的紛擾，是最好的靈修。我把車子停在沙灣徑，搖開一半車窗，容許海風的打擾。我打開車內燈，拿出太宰治的《維榮之妻》。

無賴派

「不管是多麼真心的愛情，真到願意掏心掏肺出來給人看，但若只是默默地放在心裡，這只是傲慢，是狂妄，是自我陶醉。若能忍住自己的裝傻與虛無，向對方獻上問候，這裡面一定有愛情在。愛是最高的服務，絲毫不能用來當自我滿足。」

太宰治《火鳥》

我把《火鳥》讀完，發現又是另一篇太宰治沒有完成的作品。女主角為了發明星夢，纏到劇團男的生活圈裡，更要住在他的家中，成為他的人。男主角深感怒憤，說要跟劇團男算帳，結果帳還沒算，太宰治就沒寫下去了。我覺得這篇《火鳥》寫得挺精彩的，結果精彩就成為了它的問題。要是故事不精彩，也就對結局沒有期待。當我發現《火鳥》的尾句後面有個（未完）的括號，我感到很失落，但這也比不上讀完一篇完整的，萬分精彩的小說後的失落感。有時看完一篇爛小說，又會有種空洞感。我在想，我是為了享受看小說的過程，還是為了感受看小說的失落或空洞？我已經對看小說這件事感到生厭，覺得寧願不要幸福，也不想自己破碎。以前邱悅平就是被我的寫作才能吸引，我會跟她分享我的作文，她總是說我寫得很有深度，但她其實從來都沒有解讀到什麼。邱悅平是當時的學霸，中文水平不錯，但她寫的透過理想實現出來的烏托邦太夢幻，我實在看不下去。我寧願她嬌柔造作，販賣一下情感，總好過一味強硬地天真。「做文學家，就要纖弱，柔軟。」我曾經這樣給她暗示。我只能這樣暗示，我不想教她墜落。邱悅平從不理解我的寫作，而我反而因此自覺優越，驅使我不斷寫更多作品，但其實我從不看書，這是為著不被任何其他作品拈污獨特性，一種年輕人獨有的放任。

跟邱悅平分開後，我的大學時代仍醉心寫作，不斷寫出更多跟自己一樣放蕩的，沉淪的，關於滅亡的作品。文學會令世界變慢，讀者放下批判，追隨著角色的內心戲。讀者對探討人類本質的追求，使文學的價值被彰顯。對與錯，並非衡量文學情節的標準，再沒有一個地方比文學更容得下坦誠。進入社會後我才開始接觸不同的文學，太宰治是文學界一個無法避免的名字。二戰後的日本，混亂的社會秩序對傳統價值體系帶來翻天覆地的衝擊，太宰治就是那個時代，顛倒正念，逃離現實的「無賴派」作家。他的作品內的人物酗酒，濫色，吸毒，食軟飯，就是自毀的作者本身的寫照。我翻了幾本太宰治的作品，所提及的都是所差無幾的毀滅性思想，我從他的作品中找到親切的歸屬感，但同時感到厭惡，覺得自己原來從來都不是獨一無二。太宰治的第五次自殺終於成功，半自傳式的私小說，跟作者的人生完美對照，記錄如一朵在絢麗的巔峰凋零的櫻花般的美麗人生。後世都當他是個真誠地無病呻吟的偶像，而我就只是個的士司機，沒有成為明星的機會，沒有他千分之一的成就。我並沒有覺得太宰治寫的有多特別，但我居然對他如此妒忌。

「作家必定站於生者與死者之間的界限，視角往往是已死的人。」

小川洋子

小死亡

我把車窗搖上，又回到自己的世界，一口氣把放在車廂的琴酒喝了半支。我打開褲襠，嘗試回想中午時看見殷樂娜的背影，和那個穿著冬季校服的她。但剛才在車廂內，充斥滿身的可恥之感，和莫名的興奮，已經全數消失。

就如那條我bookmarked了的連結一樣，下架了。

我所有努力隱藏的按鈕，都被毀了。

朦朧的街燈在我眼前閃過，我其實不知道要往哪裡。車燈照到遠處有個女生揮手截車，我嘗試無視她，但我偷瞄了她的一身衣著，有半分像中學校服，白色裇衫，深灰色短裙，配一件海軍藍色有帽風衣。我再看一看她的樣子......

怎麼......她的樣子.....

我立即踩剎車制，剎車的巨響把這女生嚇了一跳。

「......唔好意思......你係咪截車啊？」

「......係啊。」

我還沒有回過神來，這女生已經上了我的車。朦朧之下，我好像聽到她說要回去我們的中學。

小死亡

小死亡

小死亡

HK
$
1 2 3
+ 4 5 6

小死亡

愛是毫不猶豫的剝削。我們從彼此之間，感覺到阿Moon還在身邊。

秋高氣爽的日子，山頭上的人隨時比西洋菜街要多，偏偏在我身邊就是沒有一個行山拍檔。其實早在一年前已有想過跟妹妹行山。「陪我行一次大東山啊。」「湊仔仲唔夠邊咩？」大東山也許太難行，但把自己說成行兩步就腰痛的人母未免太dramatic，於是今年年頭我跟妹妹說大東山太難行不如行大帽山，結果今年都沒有機會了，我立即想到要跟的士陳一起上大東山，他一定不會像妹妹一樣敷衍我。究竟是我如今已經會想跟他一起做我還沒有做到的事，還是因為這是我跟阿Moon沒有做到的事，我才想到的士陳？「唔瞓陣嘅？」他的視線跟我在倒後鏡上對上了，他應該一直有用倒後鏡注視我，我竟然沒為他這行為感到難為情。剛才我有想過坐他的座駕旁邊，但我還是選擇了後座，跟他保持著我們一貫的，司機與乘客之間的距離，和我們之間，最恰當的距離。窗外有舊伶仃的烏雲，太陽偏偏選擇躲在它背後，在它靠邊的位置，散著黑色的光。落在藍天上的黑色光芒，比落在海面上的金黃色日光芒更具力量，我想起了小時候的日本旅程。旅遊巴的後排，我的前一個位置，男生無時無刻把頭貼得很近車窗，像窗外的風景真的很迷人似的。我留意到日本的陽光跟香港的很不同，我想把這裡的光留住。旅遊巴駛到油站，我下車走到海邊的石壆，男生站在石壆上向著陽光，形成一個黑色的剪影，我很喜歡鏡頭裡的這個畫面。若然世上只有光或暗黑，我們就不會看得見黑色的光芒。暗黑需要的正是一道強光，和一面淺藍色的背景，去讓他盡情閃耀。

姊妹

小時候親戚經常把我認作阿Moon。「我係阿Ming啊。」

「哎啊,唔好意思啊你同阿Moon真係餅印一樣。」

「同舅母講嘢唔準咁無禮貌㗎,快啲講對唔住。」

「唔講啊!」被認錯反而要我去認錯,我從少就十分討厭母親的專制,母親也自然不喜歡我。其實只要稍為跟我們一家相處過,一定不會把我們兩姊妹搞錯。文靜的,母親疼愛的就是阿Moon。說話粗聲粗氣,總被罵的就是我。有一個偏心的母親,正常的姊姊都會討厭這個妹妹。但我從小已經深深體會到,妹妹永遠都惹周邊的所有人憐愛,是永遠都會,就算打後的日子她徹底地變成第二個人,周邊都總會有人一直圍著她轉,而這些周邊的人其實也包括我。從小開始,阿Moon懂得的所有技能都是我教的。沒有我,我覺得她是個廢人,因為她真的不聰明,悟性也不高。乒乓球從來打不贏我,功課也得靠我不斷提點。她能成為學霸,是真的純粹靠努力死背書,她就是這樣一個極度用功,性格單純,非常依賴我的乖寶寶。沒有我,她的人生定必一塌糊塗,她離開我時,我是這樣睇死她的。

小死亡

阿Moon什麼都會告訴我，只差在沒有將每餐lunch食咩向我匯報，所以我當然知道她分手。她被現在正載著我的這個男人飛了，萬人迷也會被甩。那晚上，她在我的懷裡哭崩。我能感受到她被初戀情人撇下的痛楚，因為我這妹妹，做什麼事情都天真單純地盡二百分力量去投入，也就自然傷得重。溫室的小花朵也要嘗試跌痛的滋味了。

「家姐，你覺得我唔俾佢係咪錯啊？」老實說，當時她已中五，應該都只有那些其貌不揚的豬扒還未失身吧，阿妹，妳這是什麼年代的思想啊？但我當然沒有這樣說。妹妹是個仙子，我的私心也想她一直純潔無瑕。

「妳無錯啊，係個男人有問題。老實講妳個好姊妹都真係唔啱，我諗妳係時候睇清楚佢為人啦。」阿Moon把肥陳拱手讓給Cola，而她們兩個還是繼續糖痴豆似的在耍玩。我最初還在想，呢個Cola我見過啦，沒咩巴閉，唔明點解阿Moon要咁緊張佢。後來我發現她們其實互相想成為對方。外表open的Cola居然跟阿Moon一樣是處女！結果她玩大了，被肥陳污辱了。阿Moon回到家，居然沒有像上次哭到雞啼一樣，而是淡然的向我匯報這件事，那刻我完全呆了，這是我第一次察覺她變了。往後的日子她離開了溫室，學習堅強獨立，就如她的性格一樣，一旦決定了就堅定不移。她離開了Cola和肥陳，居然還離開了我。保護妳那麼多年，現在打完齋唔要和尚，實在太無情了吧。阿Moon開始投入大學宿舍的生活，自她從我的房間內消失，我也從她的生命中消失了，我再不知道她交了什麼男友，報了什麼course，過得開不開心。我們由形影不離的兩姊妹變成了ig friend，我懷念以前的妹妹。

我們都變成中女了。阿Moon是嚴太，我就單身。我既然跟阿Moon是雙胞胎，那我當然長得好看，當然也有人追求⋯⋯我覺得自己的劣根性簡直無可救藥，我根本就活在阿Moon的影子之下。先出世的是我啊，什麼我生得似她，為什麼不是她生得似我？為何連我都覺得我在叨她的光？

「家姐妳有無拍拖啊？」上年聖誕節阿Moon回到家團聚，她還帶了switch來跟我一起玩。我們像小時候一樣坐在床上，除了玩遊戲時仍然非常笨拙之外，今天的阿Moon又好像跟我認識的不太一樣。但我還認識她嗎？

「無啊。唔益啲狗公。」

阿Moon一笑置之。

「家姐，你係咪心裡面一直有個鍾意嘅人啊？」

要來pillow talk了嗎？我一時間有點無所適從。

「無啦，都咁大個人囉。」我覺得在一個找到了幸福的人面前，坦露自己脆弱的人生，是一件掉臉的事。我更不想在阿妹面前掉臉。

「咁啱嘅，我都無。」

「妳同澤民無嘢啊嘛？」

「妳一路以嚟都對我好好，我上咗大學之後就冷落咗妳。妳有無嬲到我啊？」她在明知故問。

「唔好講呢啲啦，兩姊妹有得咁計咩？」

「咁點解我會咁計較，點解我咩都好唔過妳？妳會唔會覺得同我打機都浪費時間？」

「打機又有咩所謂……」阿Moon就只默默地望著我，沒有說話。「我係覺得妳蠢……但係，妳應該知到我幾錫妳。」

「我知。多謝妳。好耐無聽妳講過真話啦。」阿Moon泛著淚光，她的語氣並不是在責備我。

「咁妳會唔會都坦白話我知，最近係咪發生咗咩事？」

「我細細個已經覺得，我係活喺妳嘅影子之下。我唔夠妳聰明，但係每個人都好似錫我多啲，將重點放喺我身上。呢種感覺令我覺得好難受，我唔明我究竟憑咩。我知我咁講，妳應該會覺得我好討厭。有個永遠叻過我嘅家姐，我無辦法做到唔去比較。我成個中學時代都覺得自己好似一個空殼，肥陳俾殷樂娜搶走，我會覺得係因為我唔夠殷樂娜吸引。肥陳喺殷樂娜身上，搵到我無辦法俾到佢嘅嘢，嗰一刻我完全無地自容，無面目面對任何一個比我優秀嘅人，包括妳。我想變成殷樂娜，我想變成妳，我唔想再係邱悅平。我同澤民無嘢，係咩嘢都無，一啲感覺都無，我好早之前已經發覺。但佢真係好愛我，唔可以無咗我，我生活上亦都需要佢，我地又有小朋友，不過個小朋友唔係澤民嘅，而係我個情夫。係咪好意外呢？一路以嚟都純情、無用嘅阿妹，原來係一個咁嘅人，妳一定鄙視我。我前排瞞住澤民同情夫，同一個大學時候嘅前度去咗大阪，我呢個大學前度到到而家都一直鄙視我。我就係由大學開始，就一直過住咁樣嘅生活，好似殷樂娜咁消費唔同嘅男人，咁樣一廂情願覺得自己係魔女，反而令我有滿足感。但係無辦法，我而家就係個仙子，我再接受唔到自己用男人嚟麻醉自己，逃避我本身根本就唔係仙子或者魔女，而只係一個唔識得愛人嘅空殼嘅事實。就算近排再見返肥陳，我都無嗰種久別重逢嘅心跳，去到大阪，都係一樣說服唔到自己，我係有舊情可以復燃。我頭先唔係呃妳，我係真係無一個鍾意嘅人。我以為妳呢幾年無拍拖，係因為心有所屬。我好想明白呢種感覺。」

我就是個脆弱的人，憧憬著像阿Moon身邊永遠泛濫著愛的人生，每個愛我的人，要比我愛他多很多很多很多。但即使讓我得到了，我也會是單身。我明白，無法愛人的人，可恥，也可憐。

「能夠擁有愛上一個人嘅能力，已經係一種福氣，無論對方愛嘅係唔係妳。」

同一句說話，昨晚我也跟的士陳說了。

兩端

我們二人叫了五道菜，的士陳還帶了個生日蛋糕來，這有點太誇張，他不過是一位我用開的司機。「去散吓步？」「好啊。」我飽到捧著肚，散步正合我心意。我們走上一條旋轉斜坡，多得蛙叫聲令環境未置於太死寂，一駕電動滑板車駛過，在漆黑中劃了一道紅線。我們到達一個空曠的直升機停機坪，終於聽到人類的聲音。這裡並沒有街燈，周圍盡是一片灰藍，我們依靠附近的單車燈，對面海的大廈光和月亮的照明，隱若看到人流的位置。我們走在一條昏暗得像沒有盡頭的直路，右手邊有一座小山丘落在海上。

我說：「呢座小島叫洋洲。西貢碼頭嗰邊有另外一個羊洲。」

「撞名都得架咩？」

『呢座個「洋」字有三點水，西貢嗰座就無。兩座島都係一樣咁細。』

「你又會知嘅？」

『我第一次嚟嗰陣，又係好似你咁望住呢座咁細嘅島覺得好好奇，就喺 google map search 佢嘅名，係就咁寫住羊洲，無三點水。結果我上網搵，淨係搵到西貢嗰個嘅資料。結果我要打埋「大埔」「羊洲」，先至有一篇關於呢個洋洲嘅報導，算唔算同名唔同命？』

「都唔算嘅，俾人點錯相咁囉。」

「嗰時我望住個島，一時之間有種本末倒置嘅想法，覺得佢咁近我地而家所在嘅位置，但我地又去唔到，真係好浪費。但係對於大自然嚟講，文明本身就係一件錯嘅事，呢個島細到無人想搞佢，結果佢就完好無缺，我而家反而覺得佢無被浪費到，其實係幾幸福。」

「哈，其實你個人都幾搞笑。」

「點解啊？」

「一個島仔你都可以諗到咁多嘢。我淨係諗到炒飯。」

「咁佢個名都真係改得幾衰。」

「唔緊要啦，佢有伴。」

小死亡

大直路左方的水塘，有人坐在石壆上喝啤酒，有人躺著，也有人不想坐石壆，索性帶了一張摺疊式椅子享受秋高氣爽，亦有帶了專業相機前來的龍友整裝待發。的士陳說，平時夜晚十一點打後，這裡只剩小貓三四丁，今晚據說有機會看到流星，所以大家都上來碰運氣。我之前也有留意關於今次流星的報導，但一想到明天是平日，就覺得無人會陪我癲。繼續往前走仍是一片不見盡頭的暗黑，周邊再沒有任何聲音。也許這條路根本沒有盡頭，我開始不想走下去。

「不如坐下囉。」的士陳說。

「好啊。」

「你要唔要睇流星啊？」

「坐一陣啦，如果無嘅話就走。」

的士陳開始不發一言，我就隨便播一些新歌，就是為了有些聲音，不讓這裡的氣氛太窒息。

「我播啦。」然後，他就在播《星晴》、《星語心願》、《Vincent》……這令我更不自在。究竟為何我今晚會應約？為何我會不斷用這個司機？我一直為自己的聰明引而為傲，但自從阿Moon走了，我所有的行為都不經大腦。

「係呢，你有無試過行到最遠啊？」

「你想知有幾遠？」

「無，我見你好似嚟過呢度好幾次，所以問下啫。我想知有幾遠，自己開google map都睇到嘅。」

「我之前都係自己一個嚟，你唔覺得自己一支公嚟度行一條咁黑嘅直路，好似去尋死咩？」

「你嗰晚都揸得快到好似趕住去死咁。」

「你講你第一次見我嗰晚？」

「係啊，你無啦啦喺我面前剎車，我心諗呢條友係咪醉駕。我都有諗過唔上你車，但係我截完車又唔好意思。」

「我嗰晚係真係醉駕。」

「唔怪得我聞到有酒味。」

「你仲肯用我，你都幾唔怕死。」

小死亡

「哈，有人唔怕死㗎咩？」

「我阿爸上年走咗。有一晚佢瞓喺醫院病床度，已經好虛弱，我問佢：『你怕唔怕啊？』佢插住喉，答我唔到，但係佢有搖頭。『咁就得啦，我哋會陪住你。』我離開醫院，終於都可以喊出嚟。或者佢話唔怕，同我唔想喺佢面前喊，都係因為我哋兩父子都死要面。佢搖頭嗰刻，我有種從來未經歷過嘅傷感，唔係因為佢隨時都會走，而係我覺得呢世人，同佢最親近嘅時間，就好似只有呢一刻。我覺得佢眼神話俾我知，活咗咁多年，再無其他嘢想要。活咗咁多年，就係得一句咁多就夠？」

「可能我都要去到死嗰時先知自己想要咩。」

「或者去到死嗰時都唔會知自己想要咩。」

「因為我哋根本唔知自己係咩，就好似我阿妹咁。如果佢仲喺度，我或者會捉佢陪我睇流星。」

「哦，即係你本身就係想睇㗎啦。」

「哈，同你就一般啦。貪你會車埋我返屋企，又唔駛我俾錢，都抵返嘅。」

140

「如果理想男人要有樓有車，的士佬條起跑線前過好多男人啦。」

「我似係咁功利嘅港女咩？」

「喂你頭先自己講嘅。我以為我一路用嘅都係功利攻勢，點知原來你係貪圖我嘅美色先成日call我，哎我咁都諗唔到。」

「係啊最靚仔的士司機仲唔係你？」

「好差囉你呢啲外貌協會會長。」

「你話我好似一個你失去咗嘅朋友，難道唔係因為我個樣生得似？」

「Ok, you win.」

「咁除咗樣生得似之外呢？感覺似唔似？」

「完全唔似。我細個認識佢嘅時候，我覺得佢係個仙子，好明顯你唔係啦。我哋係大家中學時候嘅初戀，其實我一直都覺得我襯佢唔起，所以最後我同佢分手，我諗都有啲同我嘅自卑感有關。」

「定係你鍾意咗第二個？」

小死亡

「我係同咗第二個一齊，但我無鍾意到佢。」

「好typical嘅渣男說法。」

「我係㗎。其實人係咪要等到某啲人死咗之後，先至會有覺悟呢？」

「咁你對你嘅初戀有咩覺悟？」

「你感受唔到我對你係點咩？」

「咁你覺得我對你點？」

「嗯，唔愛囉。」

「能夠擁有愛上一個人嘅能力，已經係一種福氣，無論對方愛嘅係
唔係你。上年我都係咁同我阿妹講。我好慶幸嗰晚佢入嚟我間房，
佢選擇俾我知，佢完全唔係我認識嘅佢，但佢亦都唔係勾三搭四嘅
淫婦，佢係邊個，其實佢一直都唔知。簡單啲講咪就係同我一樣，
無辦法愛人嘅人囉。」

我一直一個人沿著直路走，終於我看到了一個身影迎面而來，就算
解不解謎，我們都知道眼前的對方是誰。自從跟的士陳於堅尼地城
第一次見面開始，他就從直路的另一端，那個黑暗的深處向著我
走。這個身影，他愛的就是我，很愛很愛，儘管他把我認錯是羊
洲。

內在的愁鬱和表面的無傷痕之間矛盾的角力，呈現出充滿張力的生命力，教人上癮似的瘋狂著迷。你對內裡的暗黑毫不抗拒，明刀明槍的壞蛋，比偽君子值得愛。難道從你那邊看來，我不也是個黑暗的深處？

愛是毫不猶豫的剝削。我們從彼此之間，感覺到阿Moon還在身邊。

凌晨五點，觀星的人老早就走光了。最後流星也沒有來。

「之前幾次我都有諗過要行到最盡頭，但都係喺同今日差唔多嘅位置停低咗。」

「我地下次一齊行埋佢啊。」

小死亡

小死亡

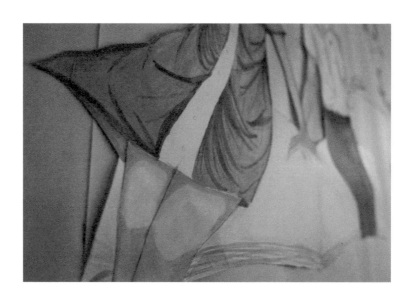

小死亡

EXIT

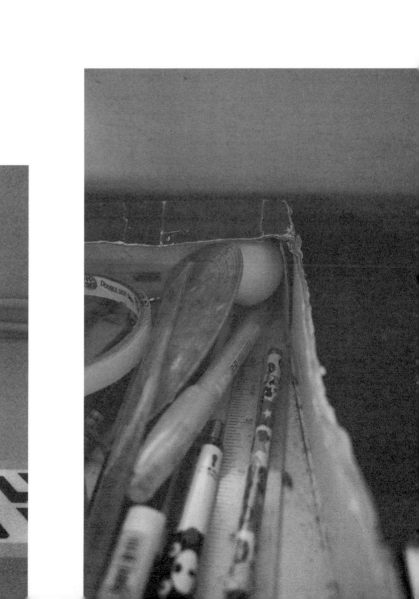

女生

愛 跟 關係，
可以是兩件分開的事。

與另一半之間存在著愛情上的不對等，

任何一方也不該被抹殺擁有關係的權利。

小死亡

「我哋呢個組合所衍生出黎嘅青春，就注定係不幸。但其他所謂match嘅組合，又會比我哋幸福咩？」

要談情，先要驗證，證實你是屬於哪一邊的人，雙方究竟match唔match。現在每個人都是這樣想。連小蕾也覺得，如果我哋唔match，就唔會有幸福。

「或者你將自己睇得太神聖，或睇得我太低等。」

眾生被劃分為兩邊，然後對陣。分黨派玩杯葛，是人類的本性。邱悅平說得真對。我們心底裡都在神化自己和劣化別人。如今我們有辦法成為神，自然也有別人被視作低等動物處理，世界從此變樣。或者，世界每天都在變樣。

「我同你講我迷失，你就俾粒咁嘅藥我食，你覺得咁就係幫緊我？」我和邱悅平在關西機場的候機大廳，她若無其事地說著。「郭生，其實你ff夠未？你想理解我嘅濫情，又想我明白你嘅專一，你係咪幻想緊自己有三妻四妾喺你身邊，然後對住我情深款款咁講「最愛嘅只有你」，專情嘅我就會對你死心塌地？你覺得咁樣嘅自己就係以前嘅我？你覺得我搵你去旅行係因為你覺得即使我有老公，有情夫，但始終都對你念念不忘？你份人真係自大到一個點。我返到香港，一得閒就會搵你上床，你唔得閒我就同其他人上床，同我老公上床，同我情夫上床，出面再搵其他人上床。就算我幾唔想都好，我都會跂起個屎忽俾人屌。我要你知道，就算你改變我嘅基因，你都唔會係唯一一個，你仍然只會係其中一個。」

新生活

我任讓自己過著三妻四妾的生活，有沒有愛過誰我都可以很快忘記。後來我對溝女興致全失，覺得自己一個也可以，這當然跟邱悅平的離世有關。之後我遇到小蕾，過了一整年perfectly fine的人生。

跟她剛一起的時候，她的朋友都說若然想認真的話，就要去做一次「基因測試」。

她說：「我覺得呢個根本上就係一個醫學上嘅世紀大陰謀。我唔想知自己嘅基因係專一定濫情囉。諗呢件事出嚟嗰啲人都變態。覺得呢個世界充斥住唔公平，然後心裡面就用自己嘅原則，對身邊唔合乎自己標準嘅人施刑，就好似替天行道一樣合理。呢種人實在低劣到無得再低。」她曾經這樣跟我說過。她不知道我有份研發這個「基因測試」，也不知道我曾經有過一段過去。那時候，我偷走試驗藥的事，最後還是被公司發現了，不用坐牢已是十分幸運，再沒法在這行立足也是心甘情願。

「俾你結果我睇。」

在現今的愛情世界，白紙黑字，無得扮嘢靠邊。就在我們的關係變質的時候，她選擇了推翻昨日的自己，用分手要脅我就犯。我說：「皮幾嘢做次test，保險又無得claim。」「如果你係認真嘅，就同我做呢個認真嘅決定。」這個「基因測試」被視為一個對愛情認真的指標，婚姻前的最後門檻，和對未來的一份保險。我抱著一絲希望，祈求她是濫情的草甸田鼠而不自知。

小死亡

結果，捉蟲。

認識，經歷，纏綿，相愛，如此深刻，下一秒她推開診所的大門，消失了。因為我們都是彼此的過客，任何一個過客都可以隨時失憶。一紙測試結果，二話不說，一句分手都沒有留下。以前當然有怨恨，恨過客的冷漠，到我自己都當了過客後，也就明了，不再恨了，這就是愛情，誰都沒有虧欠誰，所有追討也就不成立。

人 犀牛 獅子 鷹

我想找一家酒吧消遣一下，在上環蘇豪一帶走到一條毫不起眼的小巷，有個女生坐在石級上久久不動，不知是嗑了藥還是喝醉。

「小姐你無嘢啊嗎？」

「無嘢。」

「係咪發生咩事？」

「我唔記得啦。」

「咁駛唔駛陪你截架車？」

「……好啊。」她抬起頭，看起來是清醒的，只是眼神裡夾雜了絕望和無力感……

怎麼......她的樣子......

「我call咗車啦。我無嘢啊，你有心啦。」

「哦，咁我陪你等車啊。」

「你頭先係咪都喺入面㗎？你記唔記得頭先發生咩事？我有無見過你？」她突然望向我問。我們又再四目交投，我感到很不可思議。

「你講頭先嗰度門？我唔係喺入面出嚟。嗰度係邊度嚟㗎？」

「我阿妹以前嚟過，佢有次講過，話喺呢度搵到自己。」

「......入面有咩玩㗎？」

「我咪話我唔記得。」

不久，一架的士從遠處駛來。

「我諗無人話到俾你知入面有咩玩，要你自己入去先知啦。我上車啦，有緣再見。」

小死亡

接待員轉身離開，我被他披著的斗蓬上的智天使圖案吸引著。

「智天使喎。」

「你係第一個知道智天使嘅人，但係都係嗰句，提早一個月預約先有得入禁區。」他說完就離開了我的視線。智天使擁有人，犀牛，獅子和鷹這四張臉，四張臉都使人畏懼，將我們和心癮隔開。但再沒有比剛才坐在石級上，跟邱悅平很像樣的女生更明顯的提示，要我克服人，犀牛，獅子和鷹，進入這個地方，把心癮識穿。為了避開這四張臉，我以傲慢與理性，將邱悅平隔開。即使最愛的人裸露上身，也會說成為靈魂腐爛，我就是這樣虛假的人。為了邱悅平我甚至犯法了，換來的是她的死亡，我總覺得這跟我有關係，我的虛假殺死了邱悅平。

愛疫

彈指之間，過千萬條人命被掃進垃圾堆，大地回春。房間說，人類是多餘的，它當然可以這樣說風涼話。房間的空間感多了，空氣清新了，縱使剩餘的人類都不敢太用力去呼吸。神說，我也不是從沒有大掃除過。

人類是多餘的，結果一些人類被清理掉。但如何從所有「多餘」之中挑選出「一些」？是隨機還是民選？民選又應否有個準則？應與否之間畫出的粗線，幼線或虛線，又是誰人用什麼畫筆來畫的？

「都搞成咁，仲愛在疫症蔓延時？保住條命仔好過啦。」半年前，有伴侶的人，都少見了對方，沒有伴侶的，也不敢有，就是為了自保。但我們需要慾望。早就有新人冒死到外地影婚紗照，搞婚禮，渡蜜月，仍然有人做「基因測試」，禁區內一對對仍在熱吻。過千萬個「一些」被清理掉。把子彈說成是兇手的這些人類，都有嚴重的邏輯或語病問題，但其實情有可原，因為人類都看不見神，或不覺得自己原來只是租客。人類說，子彈衝著我的心肺而來，我是被殺的，但實情是，所謂「被殺」，更多是指那些不見得好過的倖存者，於是更多人豁出去了，冒死走入子彈的軌跡，因為我們都回不了原始時代，再無法被任何情況規範了。我們是現代人，需要現代的歡愉，需要自由。

小死亡

曾經，我會選擇自保。草甸田鼠的愛情並不刻意，就在它找到了真愛，自動走入子彈軌跡，渴求更多必須的生存意義時，我們應該讚嘆愛情的氣量。因為我被盲目的自我所衍生的佔有慾操縱著，結果邱悅平被強迫去理解我曾經的專一，而我如今已經很認識濫情。直到自己易地而處，才知道你們都在看著畫紙上的粗線。

因為「基因測試」，我跟小蕾分開了，既然她相信真愛的先決條件，是二人於戀愛基因上的吻合，那小蕾的決定是恰當的。我擁有濫情的基因，而她的是專情的，從基因的角度，我們的確存在著差異。我會覺得性取向也是天生的，就如我是百分百的直男，不會愛上男生一樣，只是在人，犀牛，獅子和鷹面前，我們容易走歪路，但卻不會改變既定的，先天性的事實。假如大家早就知道，一切都跟基因有關，歷年來的怪異就不再成立。無知造就了怪異。但全知又能夠代表一切？二人之間擁有相反的戀愛基因，就等於濫情的一方不是愛嗎？即使基因判定你只能同時愛一個人，不見得你跟伴侶的關係存著愛。一對情侶，二人同被判定為同時能愛多於一人，他們對彼此的愛也可以很真誠。愛跟關係，可以是兩件分開的事。與另一半之間存在著愛情上的不對等，任何一方也不該被抹殺擁有關係的權利，否則無戀傾向的人，好應該被槍斃了。

小死亡

瀰漫

「有無諗過點解呢度一定要係隨機二人配對？」她問。

「就好似一段愛情關係，只係屬於兩個人嘅事？」我故意試探地問她。

「哈，bullshit。飲啦你。」

「After you。」

說罷我們都把手上的青梅汁全喝掉。

「我覺得純粹係business strategy，隨機配對嘅時候，總會有機會配對到同你唔夾嘅對象。就好似扭蛋一樣，今次扭唔中，總係心郁郁想扭多次。」她說。

「哦，即係兜個圈話俾我知你今次扭唔中心儀嘅對象啦。」

「你咁睇低自己咩？唔似喎。雖然對面樹嗰個男仔係charming過你少少嘅，哈哈。」

「有無做過戀愛基因測試？」

「無。做咩？」

小死亡

「我估你係濫情嗰邊嘅，要唔要過去對面玩啊？我唔介意。佢都望咗你好耐。」

「你第一次嚟。」

「即係你唔係啦。」

她伸手示意對面男生過來我們的位置。男生走過來之後，隨即傳來一則廣播。

「六號，請返回你本來嘅位置。No.6，please go back to your seat。」

現場傳來一陣起哄，然後是幾下零聲的掌聲。

六號：「Ok，陸浩昌，現在go back to六號窗。」大家都為他而歡呼。

「哈哈，係charming嘅，都幾幽默，不過衰猴擒，仲有啲猥瑣，同覺得自己好靚仔嘅嗰種難頂嘅自信。」

「係你引人嚟㗎喎小姐，佢應該都係第一次嚟啦。」

「我叫到就要嚟，咪同狗無咩分別。」

「我諗你唔係好知，一般人都好難會turn down你。」

「我知啊。係你唔知咋嘛。」

「我唔知啲咩？」

她的手放在我的大腿上來回撫摸，然後，兩張嘴之間幾乎沒有距離。

「你咩都唔知。」

「咁你會唔會話我知？」

「好啊，我叫Catherine。你呢？」

「Autumn。郭秋緗。」

小死亡

End

小死亡

禁果被偷吃，亞當與夏娃被上帝驅逐出伊甸園，自此人類需要受苦。上帝派遣智天使守住伊甸園，以免任何人闖入。智天使擁有人、犀牛、獅子和鷹的四張臉，這四張使人畏懼的、無法克服的臉，隔開我們的心癮，將我們擱在社會中沉淪。

甚麼是我們的《人犀牛獅子鷹》？

是道德，是我們，是人。

七個角色，七篇自白，每個角色不約而同地說：「認識平悅平後，我得了後遺症。」

沒有標準就沒有正常，也沒有奇怪。沒有邱悅平，這些人就不會得「病」了嗎？「病」有必要被醫好嗎？

這些人的青春，是被邱悅平毀了，還是自己？

還是人犀牛獅子與鷹？

得病的人，需要無病的人，和社會上的所有人犀牛獅子與鷹，去讓他盡情閃耀。得病的人，再別victimize自己，就讓世界繼續用力否定我們吧。

原名《人 犀牛 獅子 鷹》宣傳文案

小死亡

Die

a

little

小死亡 Die a little

作 者：Jase

封面設計：Jase
內文設計：Jase
攝　　影：Jase
插　　畫：Lim

出　　版：今日出版有限公司
地　　址：香港 柴灣 康民街 2 號 康民工業中心 1408 室
電　　話：(852) 3105-0332
電　　郵：info@todaypublications.com.hk
網　　址：www.todaypublications.com.hk
Facebook 關鍵字：Today Publications 今日出版

發　　行：泛華發行代理有限公司
地　　址：香港 新界 將軍澳工業村 駿昌街 7 號 2 樓
電　　話：(852) 2798 2220 網 址：www.gccd.com.hk

印　　刷：大一數碼印刷有限公司
電　　郵：sales@elite.com.hk
網　　址：www.elite.com.hk

圖書分類：流行讀物 / 小說 / 愛情
初版日期：2020 年 7 月
I S B N：978-988-74363-9-3
定　　價：港幣 120 元 / 新台幣 530 元